I coralli

www.einaudi.it

ISBN 978-88-06-21243-8

Christian Frascella

# Il panico quotidiano

Einaudi

# Il panico quotidiano

– Piú pensi di sentirti male... e piú... stai... *male*.
Travis Bickle in *Taxi Driver*

La prima volta che ho avuto una crisi di panico non lo sapevo mica che era una crisi di panico. Non è proprio come la prima volta che fai sesso.

Dov'ero? Cosa stavo facendo?

Ero in fabbrica, turno di notte, quattro del mattino, stava per suonare la sirena della pausa di mezz'ora. Non ero né piú stanco né piú nervoso del solito. Non ero triste – stavo per andare in pausa! E mancavano solo due ore alla fine della nottata lavorativa.

Non ero nemmeno felicissimo – stavo stampando lamiere per automobili a una macchina denominata «trancia». Era la macchina peggiore della linea. Il pezzo arrivava pesantissimo, «imbutito» come si dice in gergo tecnico, dalla prima macchina. Il mio compito era bucarlo, lasciare che gli estrattori lo spingessero verso il nastro trasportatore della terza macchina, l'assestamento, e via cosí. No, non è cosí divertente come sembra.

Un pezzo dopo l'altro, centinaia di pezzi l'ora, avevo cominciato alle dieci di sera. Intanto controllavo la qualità – solo un'occhiatina di prammatica –, fumavo le mie oneste sigarette, pensavo a cose semplici tipo: Con chi gioca domenica il Toro?; oppure: Lucia a casa che fa? Dorme profondamente nel nostro letto o sogna un qualche tipo di sogno che mi riguarda almeno un po'?

Ricordo che il mio amico Mirko mi fece un cenno dalla terza macchina. Io mi piegai per fargli un cenno. Andavamo avanti a cenni, mentre eravamo in linea, ché di chiacchierare non c'era il tempo e nemmeno la forza. Cosa significavano quei cenni? Qualunque cosa l'altro avesse in mente. Magari Mirko intendeva qualcosa tipo: «Rallenta»; e io invece: «Inter di merda» – perché lui era interista. Però erano dialoghi funzionali. Insomma, non sapevamo a cosa accennassimo, ma andava bene. Con lui come con gli altri. Come con Rosario della prima macchina. O Beppe della quarta. Cenni. Magari uno ti mandava affanculo con un movimento della mano, e tu capivi che quella sera aveva scopato, e sorridevi. E piú lui ti mandava affanculo, piú tu sorridevi – una roba assurda a vederla da fuori, ma non c'è modo di spiegarla adesso cosí come non c'era modo di smetterla allora.

Io ripetevo quei cenni da sei anni, ormai. Sui tre turni: 6-14, 14-22 e 22-6, il turno della mia prima crisi, appunto.

Quattro del mattino, dicevo. 27 gennaio del 2001. Certe date proprio non si dimenticano.

Come la data del diploma.

La data del matrimonio.

O la data di nascita del primo pargolo.

Solo che io non sono diplomato, non ho mogli e non mi va di avere figli.

Alcuni colleghi già stavano svitando i panini dal cellophane, già masticavano banane o sbocconcellavano mele – la normale routine appena prima della pausa, insomma.

Non c'erano state avvisaglie? Massí. Un formicolio ai polpacci. Troppe ore in piedi, avevo pensato. Dovrei solo sedermi. Poi ho sentito piovermi in testa la paura. Proprio cosí. Dal nulla. Come se l'orrore gocciolasse sulla mia dura madre, tra i capelli. Un freddo, un brivido lunghissimo ma dentro. Non fuori, dentro, dappertutto dentro di me. Glaciale. Poi di colpo caldissimo.

I pezzi hanno cominciato ad accumularsi sul mio nastro.

Ma io li vedevo e non li vedevo. Cioè: li vedevo, sapevo che c'erano, sapevo dove mi trovavo, sapevo chi stava alla prima macchina e chi alla terza. Sapere, sapevo. Ma tenerlo presente durante quell'implosione era pressoché impossibile. Stavo crollando. Dal fondo, da un pozzo ghiacciato sistemato dentro di me, chissà da quando, ho avvertito risalirmi in petto, in gola, la paura ancestrale della morte. Ho sentito – in ogni poro, in ogni atomo –, ho sentito che sarei morto. Lí. Subito.

Ho provato a gridare, ma non ce l'ho fatta. Ciò che era risalito si era raggrumato come cemento a schiacciare la lingua, a togliermi il fiato. Ho provato a voltare la testa, a guardare i miei colleghi: individuavo soltanto il luccichio delle lamiere sul mio nastro trasportatore, e alcuni pezzi che già cadevano.

Ero muto, sordo, cieco, semiparalizzato. Ho pensato che era la fine. Un attacco di cuore, un ictus, una congestione fulminante, una crisi epilettica, un malore che mi stroncava giovane, ventisette anni, operaio, di notte, in fabbrica, come si legge a volte sui giornali, come dicono in Tv: ancora ignote le cause del decesso. Il sostituto procuratore ha avviato le indagini, ma rimanda tutto all'autopsia, che si svolgerà eccetera.

– Ehi, – ha detto Rosario. – Che cazzo succede? – Allora non ero sordo. Allora forse potevo anche parlare.

La lingua mi si è scollata dai denti, la palla di cemento è riscivolata in corpo: – Rosario mi sento male aiuto chiama un'ambulanza chiama Lucia chiama aiuto Rosario aiuto.

E poi eccola – nera, ombra guizzante, la morte.

Ho gridato, anche se non lo ricordo. Ho gridato, mi ha poi detto Mirko, come se mi stessero castrando a freddo. Una frase che non mi è piú uscita dalla testa, quando me l'ha riferita. Castrando a freddo. Perché, che differenza fa se ti castrano a caldo?

Comunque ho gridato, il soffitto della fabbrica è diventato immenso, scuro, distante. Sono crollato a terra. Svenuto. Non morto, eh. Svenuto.

Mi avevano sistemato su uno dei tavoli della mensa. Ce li avevo tutti attorno, quando mi svegliai. Piero, il capoturno, si chinò su di me. – Allora? – La sua faccia scavata di sonno e preoccupazione, il collo taurino nel camice nero.

– Che m'è successo? – articolavo male le parole, quasi le sbavavo.

Mirko, che stava all'altezza del mio gomito, disse quella cosa della castrazione a freddo.

Rosario mi mise una mano sulla fronte. – Non ce n'è, febbre.

Non me la sentivo, infatti. Non sentivo niente. E sentivo tutto. Troppo, a ondate.

Il respiro degli altri operai. Un parlottio. Piero chiese: – Hai fumato qualcosa, Chri?

– Sigarette.

– E basta?

– Basta, sí.

Carlo, che era il pusher della fabbrica (pure i capi lo sapevano, ma non dicevano niente), da dietro le spalle del capoturno disse: – Che io sappia, non ha fumato –. E se non lo sapeva lui...

– Vuoi andare a casa?

Cosa volevo?

Mi misi seduto, con circospezione. Si scansarono un po'. Ma guarda, pensai. Ragazzi e vecchi attorno a me, stanchi, coi panini e le bottiglie d'acqua in mano, che non sanno cosa fare. Gli sto rovinando l'unica mezz'ora decente del turno.

– Sto bene, – feci. Però mi risdraiai.

Uno degli anziani annuí. – Si vede, – disse, e diede un morso al suo panino.

– Sto meglio.

– Magari hai un po' di fame. Hai mangiato ieri sera?

– O qualcosa gli ha fatto male...

– O si fa troppe seghe.

Risata generale distensiva.

Tornai a guardarli.

Le facce nella smorta luce della saletta mensa. Nasi, orecchie, occhi spiritati, labbra curve, capelli unti, giacche unte, mani unte.

E mi prese un brivido: dalle gambe alla testa, mi fece arcuare, come se il tavolo ardesse sulla schiena, e poi al contrario: la schiena sul tavolo, gambe e mani e testa in alto. – Sto morendo! – dissi.

– Chri! – Rosario mi afferrò le gambe, Mirko la testa.

Una folata di terrore fluttuò nelle ossa, risalí, ridiscese: ero una strada, le emozioni mi attraversavano in entrambi i sensi come veicoli. – Lasciatemi lasciatemi lasciatemi... – E fu di nuovo buio.

Non so se vi siate mai risvegliati in un'ambulanza. Non so se, nel caso, abbiate incontrato gli occhi consumati di un infermiere che, sbadigliando, controlla voi e, con molta flemma, la flebo che vi ha piantato nel braccio. Non so se abbiate mai goduto, da sdraiati, del piacevolissimo avanzare nella notte di un mezzo che vi trasporta da un posto all'altro, senza ricordarvi dov'eravate prima di stramazzare svenuti per la seconda volta in poco tempo né sapere in quale ospedale della città siete diretti.

Be', vi assicuro che non sarebbe poi tutto questo granché se non entrassero in gioco le benzodiazepine. In questo caso, l'Imperatore Valium. Che mi stava fluendo nel sangue da qualche minuto, e già una serenità da abbraccio materno e caldo s'impadroniva di me. Come un maglione quando stai in terrazza e si è appena alzato il vento.

– Ti sei ripreso? – chiese una voce alla mia sinistra. Mi venne da sorridere. Cos'è tutto questo piacere diffuso, questo senso primordiale uterino di grazia?, pensai.

Voltai il capo e ci trovai Rosario.

Mi piacque annuirgli.

Mi piacque rivolgergli quel sorriso.

Non sapevo niente del Valium fino a quel momento. Quale nettare fosse, quale bacio zuccherino depositasse sulle labbra. Un morbido sfiorare, un guanto di velluto sulle palpebre.

All'ospedale mi chiesero che cosa fosse successo. Me lo chiese un dottore che aveva un segno fresco sul viso, verticale, che gli tagliava la guancia destra: il segno di un lenzuolo o della federa del cuscino. Stava dormendo, ovvio, quando eravamo arrivati.

Nella sala d'aspetto non c'era nessuno. Mi avevano sistemato su una sedia a rotelle, e Rosario mi aveva spinto per un po', dopo l'aveva sostituito un'infermiera giovane, i capelli gialli piú che biondi riuniti in una coda lunga. Rosario mi aveva salutato, aveva detto: «Aspetto qui», nonostante l'avessi pregato di tornarsene a casa, di andare a dormire. Ma non ne aveva voluto sapere.

Nella saletta ambulatoriale l'infermiera mi aveva fatto sdraiare su una barella, mi aveva misurato la pressione. «Tutto okay», era stato il suo responso.

Dopo un'attesa nella quale stavo per addormentarmi, arrivò il medico, un sorrisino sulla faccia glabra, quel segno in viso. Si sedette dietro la scrivania ingombra di fogli e cartelle e digitò sulla tastiera di un pc malandato.

– Nome? – chiese.

– Christian Frascella.

– Età?

– Ventisette anni.

– Dove vive?

– Zona Barriera.

Annuí, senza mollare lo sguardo dal monitor. – Mi racconti cos'è successo.

– Stavo benissimo poi sono stato malissimo, nel giro di un minuto o due.

– Che tipo di male?

– Del tipo che mi ha fatto svenire.

– Le era già successo?
– Macché, no, che cavolo. No.
– Sta vivendo un periodo particolare?
– In che senso?
– È particolarmente stressato per qualche motivo?
– No. Ero in fabbrica.
– Le piace il suo lavoro?
– Piú o meno, – feci. – A lei?

Mi guardò un attimo. Per fortuna non aggiunse: «Qui le domande le faccio io», come il piú consumato degli sbirri nei film americani. Ma, l'avesse fatto, non me la sarei nemmeno presa: il Valium mi teneva buono, molle, vigile appena da stare sveglio. Pensai che non sarebbe stato male, da quel momento fino alla fine dei miei giorni, imbottirmi di pillole o stantuffarmi in vena quel prodotto miracoloso. M'avrebbero potuto assumere come testimonial, spedirmi in giro di città in città, io sempre sorridente e sereno, le movenze quiete, nessuna traccia di disperazione dentro e fuori.

– Direi che si è trattata di una crisi di panico, – disse il dottore dopo un po'.

– Crisi di panico? – Da quello che ne sapevo, era una roba da signore frustrate in menopausa. Che c'entrava con me, maschio sano nel pieno del vigore?

– I sintomi sono quelli –. Alzò le spalle.

– Ma neanche per idea! – protestai. Il panico. *A me?* – Magari qualcosa mi ha fatto male. Sto incubando un'influenza, sono stanco, robe cosí.

Mi osservò, il segno verticale andava scomparendo. – Posso sbagliarmi, certo, – acconsentí senza troppa convinzione.

– Sarà stato qualcosa di... organico, – insistetti. – Mi faccia fare delle analisi, dottore –. Dottore!

– No, stia tranquillo –. La stampante accanto al pc prese a fare un chiasso dell'anima, mentre sputava fuori un foglio. – Due svenimenti, respirazione corta, paura immotivata... direi che non ce n'è bisogno. Si è trattato di una crisi isolata. Provocata dallo stress –. Sfilò il foglio dalla stampante. – Stia a riposo qualche giorno –. Rilesse, firmò con uno svolazzo, mi passò il foglio. Si alzò.

Diedi una letta veloce. I miei dati, il trattamento col Valium, e la diagnosi: «Sindrome Ansiosa». Tutto lí. – Mi faccia fare un controllo, una TAC, qualcosa.

Mi tese la mano, io la guardai soltanto. – Stia a riposo, – concluse, e se ne andò da dove era arrivato, nella stanza dove si andavano a riposare i luminari della scienza tra una diagnosi sbagliata e un'altra.

L'infermiera coi capelli gialli risbucò da chissà dove. Mi sfilò con delicatezza l'ago della flebo – il liquido all'interno si era praticamente dimezzato. – La accompagno fuori.

Mi alzai da quella cavolo di carrozzella. – Ce la faccio da solo! – Ma, una volta in piedi, mi presero le vertigini, un brivido freddo mi risalí lungo la schiena, le gambe s'ammosciarono sotto il peso delle mie intenzioni. Ricaddi sulla carrozzella. Mi spinse.

Fuori non vidi Rosario.

Vidi Lucia. Il cappottino aperto, la sciarpa allentata, il viso tirato sotto il biondo morbido dei suoi capelli a caschetto – mi guardò sulla carrozzella e s'irrigidí, fino a quando l'infermiera non mi parcheggiò in mezzo alla sala d'aspetto vuota e sparí. Ricambiai il suo sguardo, mi alzai con fatica solo per accomodarmi accanto a lei.

Che finalmente parlò: – Che ti è successo, Chri?

Era bello sentire il mio nome pronunciato dalle sue labbra. Persino con quel tono apprensivo.

– Un capogiro.

Mi guardò il braccio, con la manica del maglione da lavoro ancora tirata su e l'ovatta incerottata sull'incavo. Per quanto sarebbe durato l'effetto del Valium? Anni, sperai anni.

– Ma se sei svenuto! – Allungò una mano dalle unghie smaltate, mi sfiorò il collo. – Dimmi la verità.

– Mi sono sentito male, – e non mi andava di parlarne. – Ma ora sto benissimo.

– Che ti... – provò. Ma poi indicò l'ovatta.

– Una roba vitaminica –. Mi ero imboscato il foglio con la diagnosi nei calzoni. – Capogiro, svenimento. Tutto qui –. Non sapevo cosa le avesse raccontato Rosario, sperai si fosse attenuto a una descrizione dell'evento altrettanto sobria. – Poi 'sti dottori sono degli esagerati, Lú. T'infilerebbero aghi dappertutto solo per sadismo –. Le sorrisi.

Mi abbracciò. Forte. Non mi ricordavo l'ultima volta che l'avesse fatto.

E non mi ricordavo nemmeno l'ultima volta che avevamo fatto l'amore. Mi sforzavo, ma proprio non riuscivo a farmi tornare in mente quando era avvenuto, e chi avesse fatto il primo passo. Mentre guidava nella nebbiolina del mattino, la osservavo e pensavo: Quant'è che non mi stringi tra le tue gambe? Quant'è che non sento l'odore del tuo corpo che suda contro il mio?

Strano che prima di quel momento non ci avessi mai riflettuto, non mi fossi chiesto quelle cose. Doveva servire a quello, il capogiro? A farmi fare il punto circa la mia situazione sessuale con Lucia? Era stata la rossa spia dell'erotismo sopito ad accendersi in quel modo plateale?

Lei guidava la sua Clio e solo ogni tanto – a un semaforo, a uno stop – allungava i suoi occhi verso di me. E appena me ne accorgevo, io stornavo i miei, mi fingevo addormentato, o distratto da qualcos'altro.

– Tutto bene? – chiese, mentre i clacson degli sciroccati del primo mattino saturavano le strade, la città. La Torino operaia e impiegatizia e liberoprofessionista e disoccupata si muoveva in innervositi e rumorosi blocchi compatti di alluminio e vetro. Le stampavo io gran parte delle lamiere che andavano ad alimentare quei blocchi impazziti. Era il mio lavoro.

– Sí. Ho sonno.

Ripensavo al nostro primo incontro. Erano trascorsi due anni e mezzo. Una festa, l'avevo individuata nella calca che banchettava attorno al buffet. Il biondo dei capelli, la postura eretta, ginnica. L'abitino nero, la schiena liscia. Le avevo detto: «Scusa, ma non saprei proprio come fare...»

Mi aveva squadrato, incerta.

«Non saprei proprio come fare», avevo ripetuto.

«Non sapresti proprio come fare a fare cosa?» La sua voce, l'accento del sud. Sicilia, Calabria, da qualche parte laggiú, nel cuore palpitante del Mediterraneo.

«Proprio non lo saprei», avevo concluso e, afferrato un piatto di plastica con sopra qualcosa, mi ero allontanato. Scuotendo il capo. Lei, perplessa.

Piú tardi, sul terrazzo dell'attico in via Cernaia, a quella festa dove ero finito traghettato da amici di amici del festeggiato ora quasi tutti brilli e loquaci – in mezzo a quella cacofonia di vita e di classi sociali distinguibili a una sola occhiata –, ci eravamo di nuovo incontrati. Sbattendo l'uno nella spalla dell'altra, in uno spazio remoto tra la porta-finestra e un chitarrista che strimpellava malissimo un pezzo dei Pink Floyd.

Mi riconobbe, s'aggrottò. Com'erano belle le rughe espressive che le si aprivano sulla fronte. Pensai a come sarebbe stata da vecchia. Non la conoscevo nemmeno, eravamo giovani, ma in quel momento pensai a come sarebbe stata a sessant'anni, a settanta. E se io sarei stato da qualche parte intorno a lei.

«Cosa non sapresti come fare? – chiese lei alla fine. – Mi hai lasciato il dubbio».

«Davvero?»

Annuí.

«Non saprei come fare a non chiederti un sacco di cose, se tu me lo permettessi».

Inclinò il capo. «Tipo?»

«Tipo: come ti chiami, quanti anni hai, di cosa ti occupi, dove vivi, sei fidanzata, sposata, hai figli e quanti, come si chiamano, e come si chiamano i tuoi genitori, i tuoi fratelli, dove ti piace andare in vacanza, hai un numero di telefono e che numero è, che fai domani e tutti i domani dopo domani... Se tu me lo permettessi, ti chiederei tutte queste cose». Sorrisi. *Wish You Were Here* che agonizzava dalla chitarra accanto. «Forse una domanda alla volta».

Mi scrutò una decina di secondi. Poi rise. Quando una donna ride cosí, partono i sogni degli uomini, salutano la spessa coltre della realtà senza donne e planano sul terreno delle possibilità, dove quella donna c'è e ti sta prestando la sua attenzione. «Te lo permetto», concesse.

Tre mesi dopo vivevamo insieme nel suo appartamentino con affitto bloccato. E conoscevo i punti del suo letto dove potevamo amarci senza attivare i cigolii metallici della rete. E anche le molle del divano non avevano segreti per me. E la tenuta di certe sedie, e quella del tavolo in cucina. Poi la passione... la passione dov'era andata a finire? Nelle cene un tantino silenziose, a sonnecchiare tra un boccone e l'altro guardando il tigí? Nella stanchezza triturante delle giornate al lavoro? Nelle bollette da pagare? Dove se ne va il desiderio quando poi se ne va?

Me lo domandai a uno stop, incolonnati, la mia faccia pallida rimandata dal parabrezza. – Lú, lo sai che ti amo, vero? – mi venne da dirle.

– Sicuramente farò tardi in ufficio e ho io le chiavi, – disse lei, uno sguardo all'orologio, uno al lunotto dell'auto davanti. Poi si riscosse, mi guardò. – Cos'hai detto, Chri? Scusa, non ti ho sentito.

– Niente.

L'appartamento era in ordine ma aveva bisogno di essere areato. Nel lavello, i resti della cena. Diedi una lavata ai piatti. Aprii la finestra del cucinino. Stavo bene. Tutto era okay. La mia vita, la mia relazione con Lucia, persino il lavoro.

In bagno mi guardai allo specchio. Non mi piacque quello che vidi: ventisette anni, e ne dimostravo dieci di piú. Quelle occhiaie scure come bustine di tè. La pelle farinosa, il capello piú sale che pepe. Mi tolsi il cerotto, l'ovatta. Osservai la macchia nera dell'ago. Ci mancavano solo le crisi di panico. Macché. Quali crisi, è solo stanchezza. M'infilai sotto la doccia. Stavo bene, stavo alla grande.

In camera, una volta asciugato e pigiamato, mi fermai davanti al pc portatile. Se lo avessi acceso, da qualche parte sul desktop avrei ritrovato il solito file: *Fuochi di Sant'Elmo.doc*. Il mio tentativo di romanzo, il mio tormento da due anni. La storia di un ragazzino idiota e arrabbiato nella periferia torinese degli anni Ottanta. La storia di uno sfigato. La mia storia, o quella di chiunque conoscessi un tempo.

Abbassai le tapparelle, che schiodarono un rumore stridulo nel mattino caliginoso.

Cercai il letto, disgustato. Il Valium mi cullò sulle sue pacifiche correnti.

Mi cullò solo per un paio d'ore, però. Perché mi svegliai sudato e spaventato, la sveglia segnava le 11,35, le gambe tremavano sotto le coperte come se vivessero di vita propria. Scalciavano, s'irrigidivano, venivano scosse da brividi improvvisi. Tirai via la coperta, mi mancava l'aria: facendo leva sui gomiti mi gettai di peso a terra.

Mi scappò un ansito disperato. Avevo il cuore in testa, pum-pum-pum, mi stava prendendo a pugni il cervelletto, martellava la scatola cranica.

– Che cavolo... – provai a dire. Ma non seppi cosa aggiungere.

Mi misi a strisciare. Ero una lucertola cui avevano strappato la coda, e la coda erano le mie gambe, che continuavano a muoversi in un punto imprecisato sotto o dietro di me. Annaspai nella polvere del tappeto, ficcai la testa sotto il letto come a cercare chissà che, poi proseguii strisciando, la testa bollente e il corpo gelato, pum-pum, la porta della camera mi apparve lontanissima.

E chiusa. Irrimediabilmente chiusa.

Era quella la morte, e mi faceva suo, mi afferrava le gambe e mi percuoteva la testa – era quella la morte: era sentirsi spezzati, divisi in quel massacrante balletto dei sensi, una lama a tagliarmi in due di netto, una lama lucente nei colori bruni del mattino. Morire era quella cosa.

Nella testa mi si attivò come un sibilo sotto quel pum-pum, e solo dopo alcuni secondi mi accorsi che non era nella mia testa: era la mia voce, ero io che strillavo, ero io che strillavo sotto tutto quel percuotere che faceva il cuore sulle mie tempie.

Strillavo e strisciavo. Disegnando con i gomiti dei mezzi cerchi sul pavimento per spostarmi in avanti, mentre le gambe restavano zavorra. Le mani erano fredde e irrigidite, come ibernate in un gesto oscenamente inutile. Solo i gomiti. E strisciare sui gomiti.

E avere paura.

Paura.

Non avrei mai raggiunto la porta, pen(pum-pum)sai.

La raggiunsi, invece, ma solo dopo essere rimasto in quel prostrante stato di disperazione per una buona mezz'ora. Trascorsa ad aspettare che tutto finisse – la crisi, la mia vita. Quando il pulsare in testa si affievolí fin quasi a scomparire, quando il cuore tornò a un battito sopportabile e i brividi, gli spasmi cessarono, mi ritrovai seduto per terra, le braccia a stringermi le gambe, rivoli di sudore dall'attaccatura dei capelli giú giú lungo il collo. Puzzavo. E piansi, non riuscivo a fare nient'altro, oltre a fissare i labili pertugi di luce dalla finestra.

Respiro regolare, allora mi tirai su abbrancando lo spigolo del comò: ebbi un tremito, finale, quasi distensivo alle ginocchia. Aprii la porta, mi fiondai in sala da pranzo, il passo piú o meno deciso.

Afferrai il telefono, chiamai il centralino dell'ospedale dov'ero stato fino a poche ore prima. Con voce stentata chiesi che mi mettessero in comunicazione col pronto soccorso. Poi pensai alla faccia del dottorino, a quello che aveva scritto nella stramaledetta diagnosi. Riagganciai.

Mi buttai sul divano, tentando di razionalizzare. Ma riflettere sulla situazione, su quegli episodi, non faceva altro che rialzare il livello di guardia, riattivare l'orrore. Cosa mi stava succedendo? Si trattava di problemi organici? Dovuti a cosa? Avevo un cancro al cervello? A ventisette anni? Oppure? Oppure era lo stomaco, qualcosa alle ossa, una malattia del sangue che pochi superficiali esami non sarebbero stati in grado di riscontrare? Problemi al colon. All'intestino, forse. (Dov'era esattamente il colon?)

Un'emorragia interna? Possibile che il dottorino non se ne fosse accorto?

Un embolo, come quello che coglieva i sommozzatori a decine di metri sott'acqua? Ma che cavolo c'entrava, dài!

Tornai in camera, il letto era un macello di lenzuola e coperte, come se ci avessi fatto l'amore tra contorsioni e rimbalzi. Il comodino sghembo – ci avevo urtato la spalla quando mi ero tuffato sul pavimento. La lingua rettangolare del tappeto sollevata contro i piedi del letto. Alzai le tapparelle, la luce che non era granché ma era pur sempre luce. Il giorno fuori che tornava dentro. Il sudore mi si asciugava lentamente sul pigiama, lasciando scure tracce di spavento sul tessuto. Le idee confuse in quella luce, schegge di immagini delle crisi in fabbrica, di quella lí dentro. Gli interrogativi e la spossatezza.

Cosa mi stava... cosa mi stava succedendo?

Aprii la finestra che dava sul balconcino, uscii. L'aria era buona, non sapeva di niente perciò era buona. Ci misi un po' a ricordarmi che ero in pigiama. La signora Iside stava ramazzando il suo, di balconcino. La faccia persa nella geografia delle rughe, solo quegli occhi azzurri e vispi – mi fissò. Non andavamo d'accordo: faccende di lampadine troppo spesso fulminate nel pianerottolo (colpa nostra, borbottava la vecchia Iside). E i miei rientri a tutte le ore quando smontavo dal turno la infastidivano. Una volta, di notte, aveva aperto la porta mentre io infilavo la chiave nella mia. «Giovanotto, – aveva detto, – ti sembra questa l'ora di tornare?» Impicciona. Vaglielo a spiegare cos'è un turno in fabbrica, cos'è la rotazione, cos'è la catena di montaggio, cos'è il taylorismo, cos'è il capitalismo. Mai un buongiorno o buonasera. Mai un sorriso.

– T'ho sentito gridare, – gracchiò col suo accentaccio pugliese quella brutta mattina.

– Eh, – feci, per togliermela dalle scatole, la mente altrove. – Un incubo.

– E a mezzogiorno stai ancora a letto?

– Signora, io lavoro di notte.

– Ma se la settimana scorsa t'ho visto ogni sera fumare proprio lí!

– Lo sa cosa sono i turni in fabbrica?

Non lo sapeva, e non era un argomento sufficientemente interessante per lei. – Fai schifo proprio, giovanò. Con quel pigiama fetente addosso a tutte le ore! – E ristette ancora a squadrarmi.

Pensai di scavalcare l'inferriata che ci separava e di raggiungerla, afferrarla per le gambe lanose e buttarla di sotto. Giú, guardarla precipitare e sfracellarsi. Invece che ossa e sangue, chiodi arrugginiti e bile a sparpagliarsi sul marciapiede, la gente di passaggio piú infastidita che inorridita. – Buona giornata, – dissi mantenendo un autocontrollo niente male, e rientrai.

Forse dipendeva da quello che avevo mangiato il giorno prima.

Ovvio. Riflettei un po' su quanto mi fossi buttato in corpo, se avessi ingurgitato qualcosa di anomalo rispetto al solito. Dunque: colazione con caffè nero, cinque o sei Gran Turchese, una spremuta di arancia. Differenze dalla colazione del giovedí? Nessuna. Da quella del mercoledí?

Ci pensai per bene. Chi si ricorda le colazioni di due giorni prima? Gli atleti, forse. E i paranoici.

Non c'erano le arance. Ecco! Mercoledí ero andato a comprare la frutta, al negoziaccio di alimentari all'angolo con via Lauro Rossi.

Okay. Arance. Forse arance andate a male. Aprii il portafrutta in frigo. Ne era rimasta una. La presi con due dita appena, la sistemai sul lavello. Quasi m'inginocchiai per scrutarla meglio. Tonda, arancione, la scorza duretta. Marca: non presente. Un'arancia anonima. Eppure.

Lucia non mangiava arance, quindi ne ero stato l'unico consumatore. Il solo individuo esposto al virus assassino. Con coltello e forchetta, piano, la tagliai esattamente al centro. Il succo quasi ribollí freddo sulla superficie del lavello. Sí. Troppo scuro. Tendente al nero. Un'arancia al petrolio, ecco cos'era. Chissà dov'era maturata. Chissà che strano giro aveva fatto attorno al mondo per finire sulla mia onesta tavola proletaria ad avvelenarmi. Coi rebbi infilzai la polpa. Spugnosa, troppo ricca di liquami scuri. Avvicinai il naso per odorarla: ah, non sapeva mica d'arancia quella cosa lí. Come avevo fatto a non accorgermene? Forse il gusto rimaneva immutato, ma il resto: il resto no. Puzzava. Era piú che sospetta. Cercai un sacchetto. Ne infilai dentro metà – senza sfiorarla. Il resto lo ficcai nel cestino sotto al lavello. Mi toccava farla analizzare, quella mezza arancia. E citare in giudizio il negozio all'angolo. O chi gli aveva fornito quelle cassette di agrumi assassini.

Ma una buona indagine non poteva ridursi solo alla colazione.

E a mezzogiorno? Che avevo mangiato? Un piatto di pasta al burro preparato da me medesimo. Non certo il miglior cuoco in circolazione, lo ammetto. E nemmeno il piú originale. Ingredienti: spaghetti, burro, olio extravergine di oliva, formaggio parmigiano grattugiato. L'acqua bollita non pensavo costituisse un problema – era comunque bollita, e la stessa acqua che bevevo da anni e che mai mi aveva causato problemi. A meno che qualcuno non avesse avvelenato i condotti, le tubature, l'intera rete idrica. Ma – allora – non sarei stato l'unico caso in città. E il pronto soccorso sarebbe stato pieno di malati (erroneamente scambiati per semplici ansiosi) come il sottoscritto. Urla. Litri di Valium nelle vene dei torinesi. Allarme cittadino, forse nazionale. Guardai fuori dalla finestra: nessuna ambulanza che strillava nel traffico. Pensai di richiamare il pronto soccorso, per sapere se ci fossero stati altri casi simili al mio dopo le mie dimissioni. Poi cambiai idea. Improbabile, dài.

Aprii il frigo alla ricerca del burro. Lo trovai, solita marca. Lo misi alla luce. Lo scartai, piano. Bleah! Giallognolo e un leggero strato di muffa. Anche quello andato a male. Lo infilai tutt'intero in un sacchetto.

Arancia o burro. O tutt'e due.

E il parmigiano? Lo controllai. Mi pareva a posto. Una buona tenuta, un odore decente. Lo risistemai sul ripiano del frigo. Aprii la dispensa, individuai gli spaghetti. La confezione aperta. Lasciai scivolare i rimanenti nel palmo, li visionai accuratamente a uno a uno. Avessi posseduto una lente d'ingrandimento li avrei sottoposti a scansione completa. L'aspetto era buono, però. E non avevano odore. Controllai la data di scadenza. Maggio 2002. Okay.

Nei ripiani in basso trovai la bottiglia d'olio. La stappai, annusai. Fragranza pulita, forse un po' troppo pungente. Ne versai un goccio nel cucchiaio. Denso, bruno, sano. O no? C'erano delle piccole macchioline nere, a ben guardare. Che erano? Presi un bicchiere, versai altro olio. Misi il bicchiere controluce. Cavolo. Oscure presenze! Bricioline nere sul fondo della bottiglia. E non solo. Come girini, si spostavano nel liquido dorato. Forse funghi? Resistevano, i funghi, alla densità dell'olio? Forse quelli tremendamente pericolosi sí. Mmh. Versai una cucchiaiata di quell'olio in un altro sacchetto.

Arancia, burro, olio.
Tre sacchetti.
Li riunii in un quarto, lo sigillai. – Bene bene, – dissi. – Chi tra voi ha tentato di avvelenarmi? – Soppesai il tutto.
La cena l'avevo saltata, come sempre quando facevo il turno di notte.
Cercai sull'elenco telefonico. Alimentari – esami dei prodotti. C'era un laboratorio poco distante. Una ventina di minuti in auto. Solo che... l'auto era nel parcheggio dello stabilimento! Mi vestii in fretta. Avrei preso i mezzi pubblici: un paio d'autobus, mezz'ora.

Dieci minuti dopo ero già alla fermata. Nello zainetto, gli alimenti tossici. Faceva freddo. Attesi in compagnia di un paio di studenti e di una vecchia stile Iside che per fortuna non era Iside.
Arrivò l'autobus, intasato di persone. Infastidito, dribblai la vecchia e quasi spintonai i ragazzini. L'autista giovane col naso lucido mi guardò male. M'infilai per primo in quel carnaio maleodorante.
Quanto ci avrebbero messo, al laboratorio. Giorni? Settimane? Quanto mi sarebbe costato?
Qualcuno mi urtò con una specie di cattiveria.
Fu una scossa elettrica. Una tempesta nei lobi frontali. Uno spasmo lungo tutta la spina dorsale.
Mi pietrificai a osservare una pubblicità appesa al tubo nero che correva sopra la mia testa. Non ricordo nemmeno quale prodotto proponesse. Sentii come uno stridio nei timpani, mi piegai, rialzai la testa.
Fu allora che percepii nuovamente i rumori attorno. L'arco di silenzio provocato dalla paura si era schiuso e ora da tutte le parti arrivavano suoni, voci, risate.
– Ma è matto... Che cazzo strilla... Che modi... Con chi ce l'ha...
Mi resi conto che nella pausa uditiva avevo gridato, mi sembrava di sentire tra le labbra secche l'eco di quello strillo.

Chiesi: – Ho detto qualcosa?

Un ragazzo con un cappellino da baseball mi rispose: – Detto, non hai detto niente. Io ho visto solo che ti sei pisciato addosso.

Dapprima non capii cosa intendesse; forse voleva dire: «Ho visto solo che ti sei spaventato di brutto».

Poi avvertii una sensazione di umido tra le cosce.

Mi guardai i jeans, guardai dove tutti stavano guardando schifati.

I jeans erano zuppi di quella che, dall'odore che mi raggiunse graffiandomi le narici, non poteva che essere urina. Urina che sgocciolava dall'orlo dei pantaloni giú sulle scarpe fino a creare una piccola pozza tra i miei piedi. Sí, mi ero pisciato addosso!

Tornai a casa di corsa, piú velocemente che potei, le scarpe che sciaguattavano nella mia urina. Larghe falcate, rischiando di farmi ammazzare in piena strada da un'auto che dovette inchiodare secco per non investirmi. Il suono del clacson m'inseguí per alcuni secondi.

Mi pareva che tutti mi guardassero. In strada dalle finestre dai balconi dai cortili dai negozi dai veicoli dappertutto: al centro dell'attenzione, al centro dei discorsi, il punto indicato da ogni dito. Io.

Raggiunsi il mio palazzo, corsi all'ascensore. Ma davanti alla porta ci trovai Iside. Corrucciò le labbra grinzose: – Giovanò...

La ignorai, montai sui gradini, rischiando di cadere.

– Giovanò!

Due, tre gradini alla volta, arrivai al mio piano, aprii la porta, mi buttai a peso morto nel mio appartamento. Mi liberai dei vestiti, e ogni strato pareva piú bagnato del precedente. Le mutande erano roride di piscio. Infilai tutto nel lavandino in bagno.

Poi eccomi sotto il getto della doccia. Schiena contro il muro, mi lasciai scivolare sul tappetino, mentre l'acqua bollente mi percuoteva le carni, la testa. Quella testa che afferravo tra le mani, le spalle sussultanti, mentre un singhiozzo si confondeva con lo sciabordio della doccia, poi un altro – cos'era accaduto in quella pausa di nulla sull'autobus? – e piansi forte per un lungo quarto d'ora. Negli occhi le immagini di quella giornata, della notte. Un tempo della paura che non voleva saperne di smetterla e farsi sostituire da un tempo di tregua.

Uscii dalla doccia. Poi guardai i panni nel lavandino. Dovevo impedire che Lucia li trovasse in quello stato. Ci versai su del sapone, li risciacquai, e ogni tanto mi portavo i pantaloni al naso: puzzavano ancora. Impiegai mezz'ora a far sparire quell'odore nauseante. Intanto non mi ero nemmeno asciugato, dai capelli colavano sulle spalle gocce d'acqua.

Alle quattro scesi in strada furtivo come un ladro senza usare l'ascensore, mi diressi dal mio medico curante, che aveva lo studio due palazzi piú in giú e a volte era reperibile anche di sabato: una presenza inquietante (chi glielo faceva fare?) e confortante insieme.

Lo studio era, come sempre, completamente vuoto. E c'era piú di un motivo per questo.

Il primo consisteva nel fatto che il mio medico era un logorroico. Attaccava sermoni sulla società, sulla sua vita, sulla situazione politica del momento, sulla libertà individuale.

Il secondo motivo era che il dottor Torcia ammetteva senza problemi di essere un disadattato. Tu gli parlavi dei tuoi guai, mal di gola, febbri, pustole sul cazzo, e lui minimizzava. «Lasci stare, – diceva. – E che dovrei dire io, mio caro? Io che sono un disadattato, costretto a una vita che non voglio, a un mestiere che detesto?» Incoraggiante.

Il terzo motivo era che non imbroccava mai nessuna diagnosi, non gliene fregava niente dei pazienti, anzi sospetto che le malattie gli facessero un tantino schifo. Tranne le sue, naturalmente.

Perché non lo avevo ancora sostituito con un altro piú capace, motivato, non istupidito da irrecuperabili pensieri di alienazione?

Sarò franco: perché aveva «la mutua facile». Per un dolorino al costato era capace di mollarti due settimane di malattia pagata. E poi di rinnovartela. Un vero scialacquatore del patrimonio sanitario italiano, un autentico menefreghista delle direttive nazionali.

Quel giorno, quindi, salii al suo studio, trovai la porta aperta, la sala d'aspetto deserta e il dottor Torcia appoggiato allo schienale della poltrona, le mani intrecciate dietro la testa, lo sguardo vacuo in direzione del monitor del suo pc portatile.

Mi schiarii la voce.

Quando mi vide, gli si aprí un sorriso di una felicità che si trova solo sulle facce dei bambini alla mezzanotte di Natale. – Oh, ecco il Frascella! Venga, venga –. E mi fece cenno con la mano.

– Ho avuto una serie di problemi, a partire da stamattina alle quattro, – vuotai subito il sacco, senza omettere nulla. Lui si sforzò di seguirmi. Quando ebbi terminato, annuí: – Mah, sarà un po' esaurito, caro mio. Niente a che vedere con la sensazione di sentirsi un... un incompreso, come accade a me in continuazione. Peggio: un totale disadattato, un disadattato!

– Be'... veramente qui il malato sarei io, – lo bloccai.

Ma lui niente. – Chi può dirsi sano, caro mio? Chi malato? Qual è il confine, e chi decide? E chi decide per chi decide?

– Senta, – mi alzai. – O mi dà una mano, mi prescrive qualcosa, tipo esami, medicine, che ne so, oppure me ne vado da un altro –. E fanculo a tutta la mutua a sbafo che non mi sarei piú fatto!

M'indicò la sedia. – Segga, su. Segga.

Inviperito, mi riaccomodai.

– Quindi abbiamo problemi di ansia.

– Chi le ha parlato di *ansia*?! – Ce l'avevano con l'ansia, quel giorno.

Rise di un brutto ridere, un verso che gli saltò fuori dalla gola come uno strillo da una caverna. – Massí, ansia, paura, come altro chiamarla?

– Stress?

– E vada per lo stress! Se le fa comodo...

– In che senso?

Prese uno dei suoi fogli bianchi timbrati. Ci scrisse su, intanto ripeteva quello che andava scarabocchiando con la Bic. – Riferisce crisi imputabili allo stress –. Poi acchiappò il blocchetto delle ricette. – Tredici gocce di En la sera prima di dormire. Per cinque giorni –. Lo strappò, me lo passò con l'altro foglio.

– En? Che sarebbe?

– Aiuta il sonno. Senza una bella dormita, non si combina niente.

– Ma io non soffro d'insonnia –. Però, a ripensarci, la settimana precedente, quella del turno 6-14, avevo avuto problemi ad addormentarmi la sera.

– Si fidi. La mancanza di sonno può generare... situazioni... – e fece un gesto vago, la mano a roteare, teatrale come poteva esserlo uno in camice bianco dietro alla scrivania.

– Queste gocce, – dissi ributtandolo al centro della faccenda che piú mi premeva, – che controindicazioni possono avere, per uno che lavora in fabbrica?

– Nessuna. Anzi, produrrà meglio, e di piú. Anche se...

– Anche se?

– Resterà un disadattato. Come me.

Ripiegai i fogli, me li infilai in tasca. – Vado, grazie. Arrivederla –. Ma tra tanto, pensai, tantissimo tempo.

Bugiardino delle gocce di En:

*INFORMAZIONI CLINICHE*

*Stati di ansia. Squilibri emotivi collegati a stress situazionali, ambientali e ad affezioni organiche acute e/o croniche. Distonie neurovegetative e somatizzazioni dell'ansia a carico di vari organi ed apparati. Sindromi psiconevrotiche. Nevrosi depressive. Agitazione psicomotoria. Stati psicotici a forte componente ansiosa e con alterazioni dell'umore. Disturbi del sonno di varia origine.*

*Le benzodiazepine sono indicate soltanto quando il disturbo è grave, disabilitante o sottopone il soggetto a grave disagio.*
*Il trattamento dell'ansia dovrebbe essere il piú breve possibile. La durata complessiva del trattamento, generalmente, non dovrebbe superare le 8-12 settimane, compreso un periodo di sospensione graduale.*
*Nei disturbi del sonno:*
*13-26-52 gocce, la sera prima di coricarsi.*

*Il trattamento dell'insonnia dovrebbe essere il piú breve possibile. La durata del trattamento, generalmente, varia da pochi giorni a due settimane fino ad un massimo di quattro settimane, compreso un periodo di sospensione graduale.*

*Il trattamento dovrebbe essere iniziato con la dose consigliata piú bassa. La dose massima non dovrebbe essere superata.*

*Una goccia di En contiene 38,5 mcg di clordemetildiazepam; 13 gocce = 0,5 mg.*

*A causa della variabilità delle risposte individuali, la posologia singola e giornaliera andrà adattata all'età, alle condizioni generali ed alle caratteristiche del quadro clinico.*

*Il paziente dovrebbe essere controllato regolarmente all'inizio del trattamento per diminuire, se necessario, la dose o la frequenza dell'assunzione per prevenire l'iperdosaggio dovuto all'accumulo.*

Me lo lessi, controindicazioni comprese («Ipersensibilità alle benzodiazepine» [il Valium non mi aveva fatto niente... o cosí mi pareva, almeno. E se invece era stato quello a provocarmi le allucinazioni?], «Miastenia gravis» [che cavolo era? Che c'entrava il latino?], «Grave insufficienza respiratoria» [m'era venuta proprio mentre leggevo quel coso, e un po' di sudore mi colava dall'attaccatura dei capelli...], «Grave insufficienza epatica» [boh, però avvertivo un dolorino al fegato da qualche settimana...], «Sindrome da apnea notturna» [di notte, piú che altro, mi alzavo molto spesso per andare a pisciare... c'entrava?]), per una mezza dozzina di volte. Seduto sul divano, la boccetta di En poggiata sul bracciolo di legno, uno sguardo a quella e uno al foglietto, scettico. Non veniva utilizzato solo per l'insonnia, dunque. Anche per l'ansia – la stramaledetta fottuta ansia che tutti quei medicastri mi volevano affibbiare!

Cos'era, poi, una distonia neurovegetativa? Una malattia delle piante grasse?

E quel trattamento in escalation: 13 gocce; oppure 26; oppure 52. E se nemmeno 52 funzionavano? Stando a quel poco che sapevo della matematica, si stava procedendo per raddoppi. Perciò 104. Tutte insieme o divise per le ore del giorno? Tenere a testa in giú la boccetta, per 208 gocce: quanto ci si metteva, alla fine quanto ti doleva il polso?

«La distonia neurovegetativa di mio marito sta migliorando. La sera prende 416 gocce prima di addormentarsi. Certe volte le prende *mentre* si addormenta. Contare le gocce, per lui, ormai è un po' come contare le pecore». «Mio cugino Paolo ha un'affezione organica acuta e/o cronica. Prende l'En. Sceglie lui quante gocce ingollare, basta che sia un multiplo di 13».

Mi alzai, andai sul balcone. Buttai un occhio a controllare se Iside, con la sua faccia da scorbutica insospettita, sostasse nel suo. Non c'era.

Aspirai un po' di sano smog cittadino. Un sole ormai stitico tentava l'approccio col pianeta Terra. Tutto andava per il verso giusto. Io ero solo in deficit di sonno. La domenica l'avrei trascorsa a letto, cercando di convincere Lucia a restarci con me.

Mi appoggiai alla ringhiera. Guardai un po' nel vuoto. E mi prese di nuovo quella sensazione di straniamento, di cavità centrifuga. Pensai di buttarmi di sotto. Allora mi diedi un calcio – proprio cosí: col piede destro scalciai il sinistro. Mi feci un male cane, però riuscii a rinsavire, il dolore mi portò via da quel silenzio tentacolare.

Corsi a chiudermi in casa, le spalle alla finestra, le ossa che parevano cigolare nelle mie carni.

Guardai il bugiardino dell'En spianato sul divano.

Squilibri emotivi collegati a stress situazionali.

Nevrosi depressive.

Stati psicotici.

Mi sentivo rinchiuso all'interno di una gabbia.

Qualche terribile ora dopo, mentre me ne stavo davanti al telegiornale delle venti ma non ascoltavo una sola parola, Lucia si sporse dal cucinino, chiese: – Hai visto il burro?

Ebbi un tremito. Il burro! – N-no, perché?

Lei mollò le padelle sfrigolanti, i tegami annebbiati. – Cos'hai?

Il tigí, ora lo seguivo a forza, stava parlando di cassa integrazione per decine di operai. – Niente, – risposi, – mi dispiace per i cassintegrati –. Dove cavolo avevo messo lo zainetto con gli alimenti da analizzare?

Lei venne verso di me. Dovetti abbassare il volume della tele.

– Sei strano, Chri –. Aveva gli occhi stanchi, era pallida. – Hai di nuovo un giramento?

Mi spalmai un sorriso sulla faccia, alzai le spalle. Proprio mentre le squillava il cellulare. – Rosario, – disse, rispondendo. E mi mollò un'occhiata alla «comunque ne riparliamo dopo». – Sí, sta meglio. Mi sembra –. Parve considerare la cosa, se stessi davvero meglio o no. – Quando venite a cena, una sera? – disse dopo un po'. Rise. – Volentieri. Sí, te lo passo –. E mi allungò il suo telefono.

– Ciao, Rosario.

– Allora, – fece lui, ameno. – Come ti va? Sei ancora dei nostri, mangi, caghi, respiri e tutto quanto?

– Sí. Sto alla grande. Era solo stanchezza.

– Stanco tu? E di che, che non fai mai un cazzo?

Ci mettemmo a ridere. Poi parlammo di scempiaggini, fino a che non disse: – Mi hai fatto preoccupare, però.

Mi sentii soffocare. Ma Lucia mi fissava. – Tranquillo. E grazie. Grazie di tutto.

Carmen, sua moglie, prese possesso del telefono e mi tempestò di domande – come sempre faceva. Resistetti al fuoco di fila dei suoi interrogativi («Che avevi mangiato? Che avevi fumato? Stai prendendo qualche medicinale? Come sei messo a potassio?»), poi dribblai tutto con un: «Ti passo Lucia, cosí vi salutate!», e rimollai il telefono alla mia compagna. Dopo un po' dei loro scambi, mi alzai con nonchalance e mi misi alla ricerca dello zaino contenente il burro ammuffito, l'olio girinico e l'arancia batterica.

Niente. Dimenticato sull'autobus, cavolo.

Tornai a fare zapping col telecomando, mentre lei chiudeva la comunicazione.

– Allora? – m'incalzò, senza perdere un attimo.

– Allora che? Non è che potremmo rilassarci un momento, Lú? – Le sorrisi, mi alzai, la cinsi tra le braccia. – Dài, – sussurrai, mettendoci un po' del mio sex appeal. Una volta mi diceva spesso che ero sensuale. «Che ragazzo sensuale», ripeteva, e io mi ci sentivo veramente.

Rimase tra le mie braccia per un minuto almeno. – È che mi preoccupo, tutto qui –. Si scollò da me, tornò in cucina: – Che fine avrà fatto il burro?

In bagno, attendendo che Lucia non potesse vedermi né sentirmi, avevo preso le tredici gocce di En. Dopo aver nascosto la confezione nella tasca interna del mio giaccone, mi misi a letto accanto a Lucia. Lei mi guardò con la stessa espressione che aveva dal mattino, io rimasi a farmi osservare, poi dissi: – Allora? – Intanto aspettavo che le gocce facessero effetto.

Lei finalmente sorrise, annullò la distanza nel letto, venne ad abbracciarmi. Mi baciò sul collo, poi ruotò su se stessa di mezzo giro, mi mandò un altro bacio, disse: – Dormi, – e spense la luce. Cinque minuti dopo era già cascata nel sonno.

Io invece rimasi a guardare il nero per un po', finché uno stordimento m'intasò i sensi – uno stordimento all'inizio preoccupante, poi piacevole, sempre piú piacevole. Eccomi a galleggiare. Tlonc, sblup, l'acqua di un fiume mi rinfrescava i timpani, ero sdraiato abbracciato cullato nelle sue correnti. Tlonc, sblup.

Sogno. Un campo verde con l'erba tagliata di fresco. Un campo verde, e io che ci corro sopra, palla al piede. Non piú di dodici anni, la mia logora maglietta del Toro, gli scarpini coi tacchetti rovinati. Corro da solo. Tlonc. Non c'è nessuno con me – nonostante abbia quattro fratelli, a nessuno di loro viene granché voglia di giocare. Il pomeriggio pare sgocciolare colori accesi. Tutto è un acquerello – l'infanzia si nutre di colori fluidi. Corro, il pallone un po' consumato, l'ovale che tende allo sgonfio, io lo tocco con rapidi calcetti per tenermelo accanto nella corsa. Un vento caldo, che punge il naso. Vicino al prato, la casa dove sono cresciuto con la mia famiglia, nel paesello di Mappano, a tredici chilometri dalla «metropoli». Sblup. Il giardino del padrone di casa, di fronte al cortile, cortile nel quale non posso giocare, altrimenti... Se il pallone finisse nel giardino, il padrone lo sequestrerebbe, probabilmente bucherebbe, e spedirebbe nell'immondizia. Palla al piede, una finta per saltare un avversario che non c'è... solo nel prato su cui non posso stare – non posso stare da nessuna parte, i bambini vogliono giocare e chiunque voglia giocare è fastidioso. Tlonc. L'unico posto dove mi è concesso giocare è il garage: un ex fienile umido, tre metri per cinque, la tettoia scomposta, ferraglia rugginosa e ammuffita intorno al tavolo da lavoro di mio padre... tavolo molto spesso inutilizzato, perché l'azienda lo manda sempre in Puglia – o forse è lui a chiedere che ce lo mandino. Nel garage ratti grossi come conigli a saltare ovunque, tutt'altro che spaventati dall'uomo, anzi, con un che di incuriosito nello sguardo cattivo...

Pomeriggio che muore, rapido imbrunire. Le foglie dorate e fiere attaccate ai rami che solleticano un cielo già vestito a sera. Il buio vuol dire: casa, famiglia, cena, Tv, letto. M'infilo sotto le coperte e cerco di dormire, dormire, per svegliarmi l'indomani fresco come una rosa, colazione e poi a scuola, ascoltare le lezioni e essere il migliore, e diventare un giorno qualcosa tipo un professore all'università, un chirurgo primario alle Molinette, un avvocato che arringa le giurie popolari... Tutto per fuggire via da questo schifo.

Tlonc. Sblup.

Mi accorsi che non stavo piú dormendo da un po', che ero sveglio dall'ultimo tocco di piede al pallone, che non stavo sognando ma solo ricordando. Quanto avevo dormito? Che ora era?

La spalla destra prese a muoversi per i fatti suoi.
E anche la gamba sinistra.
E quella destra.
– Oddio, – dissi. Prima piano, poi lo gridai.
Lucia si svegliò ed esplose in uno strillo di paura. Mentre io mi dibattevo tra coperta e materasso, non riuscivo a trattenermi, il mio corpo era come ubriaco e l'unica cosa che funzionava erano le sensazioni. Mi rendevo conto di tutto, anche di Lucia, che si rivoltava nel letto, diceva: «Chri!», accendeva la luce.
E mi vedeva.
E io mi vedevo indemoniato lí accanto attraverso i suoi occhi. Non potevo che guardarla, gli arti ballerini sotto di me che mi facevano sembrare un rettile, uno scarafaggio, un organismo nuovo e senza capacità di controllo.
– Christian!
Nemmeno la voce, nemmeno quella adesso. Solo un verso gorgogliante, e un ciuffo di muco dal naso che colava sulla bocca – le dita delle mani, tutte e dieci, che grattavano il lenzuolo, i piedi che s'impennavano, poi crollavano, e toccava alle ginocchia puntare l'aria. Ero perso in un terremoto. Ero il terremoto.
Lucia balzò giú dal letto, gli occhi spiritati tra le lacrime. Indietreggiò.
E io sboccai. Sboccai sul cuscino, una vomitata giallo senape che si portava dentro il sapore delle gocce di En.
Un secondo bolo filamentoso di benzodiazepine e succhi gastrici mi saettò dalla bocca, mi finí sulla fronte.
– Pronto! – gridava nel telefono di casa Lucia. – Un'ambulanza per piacere via Ozegna 10 per favore il mio ragazzo sta male trema tutto per favore in fretta no non è epilettico no non lo so per piacere fate in fretta!
Scalciai il vuoto, o ci camminai dentro per mezzo minuto, reggendomi sui gomiti, continuando a vomitare... cosa?... sulle mie braccia sulle lenzuola sul tappeto...
E Lucia si prese la testa fra le mani e si accucciò. Pian-

geva forte, e piú mi guardava e piú il verso le usciva strozzato e piú io mi spaventavo, piú volevo chiederle di venire da me, di aiutarmi, di tenermi fermo sotto di lei.

Ma non venne, non mi toccò.

Il primo a toccarmi fu un giovane infermiere.

Lucia gli aprí, disse: – Di là, di là! – e quello entrò in camera, mi vide e riuscí a mantenere il sangue freddo necessario per raggiungermi, chiedere a Lucia: – È epilettico? – e al «no» poco convinto di lei aprire lo zaino che aveva con sé, rovistarci con una mano e con l'altra afferrarmi un braccio, domandandomi: – Ti è già successo altre volte? – Dallo zaino prese una ricetrasmittente, schiacciò un tasto, disse: – Ale, vieni subito, – senza perdere il controllo.

E Ale arrivò subito, diomadonna. Era anzianotto ma grosso, Ale, e mi afferrò saldamente da dietro, mi arpionò. Ale che, porcaputtana, quasi mi stritolò nella sua morsa, mentre l'altro cercava la vena con l'ovatta umida di acqua ossigenata e m'infilzava il braccio con l'ago di una siringa.

Buttai fuori tutta l'aria che avevo in corpo.

Lucia stringeva lo stipite della porta, pallida di terrore.
– Che... cosa... ha? – riuscí a chiedere.

– Ora cerchiamo di capirlo.

Sentivo il cuore di Ale battere sulla mia scapola. Intanto le gambe smisero di sfondare l'aria, piano piano e poi di colpo, irrigidendosi, spiaggiandosi sul letto sotto lo sguardo attento del giovane infermiere.

Le spalle si contrassero un attimo, poi s'adagiarono sul torace dello sconosciuto che mi avviluppava.

Riconobbi la sensazione provata in ambulanza quella mattina: riconobbi l'Imperatore Valium. Mi scappò quasi un sorriso.

Ero vivo. O almeno sedato.

– Dovrebbe farsi aiutare, – disse il dottore che mi visitò. Era sui cinquanta, la barba incolta, l'aria atterrita, gli scheletri di tutti i pazienti che non era riuscito a curare che gli grattavano gli occhi spiritati. Lo studio del pronto soccorso era lo stesso della notte prima, e l'infermiera che mi ci aveva spinto in corrozzella anche.

Il viaggio in ambulanza era stato identico, l'unica differenza stava in Lucia al posto di Rosario, una Lucia affranta, impotente, stanca – che mi aveva parlato appena, aveva solo guardato il giovane infermiere muoversi sciolto tra me e la flebo e mi aveva accarezzato come una madre. Avrei voluto tentare un sorriso, o che lei lo tentasse, che provassimo qualcosa di diverso rispetto a tutta quella incertezza accasciante.

– Ma cos'ho? – insistetti col medico adesso.

– Parliamo di panico, qui. Grave e improvviso, a quanto mi dice. Le consiglierei di farsi seguire dal Centro di Salute Mentale piú vicino –. Digitò sui tasti del pc, mi disse qual era. Poco distante da casa mia. Me lo ricordavo: la cancellata rugginosa, il praterello mal tenuto, il prefabbricato piuttosto ampio e dall'aria pericolante. E un viavai di gente a ogni ora – tossici soprattutto, perché quello era anche un SerT, mi pareva, e perciò distribuivano metadone come se piovesse.

– Non capisco, – dissi. – Sono sempre stato... bene –. O no? Ero sempre stato male, solo che non me n'ero accorto?

Il medico passò le mani sulla superficie della scrivania, come se spostasse briciole da un punto a un altro della tovaglia. Non ispirava fiducia quell'uomo. Era peggio del suo collega giovane. Però la diagnosi era la stessa: panico. Forse era il responso standard da rifilare a tutti quelli con cui non sapevano che pesci acchiappare. Panico. Centro di Salute Mentale. Magari manicomio, alla fine. – Non dipende da come lei è stato o ha creduto di essere fino ad ora, – disse. – Dipende dalla sua situazione attuale.

Distolsi lo sguardo da quell'imbecille e lo puntai sulla flebo, sulla boccetta rovesciata, sulla goccia nel tubicino che scendeva fino a me.

– Sono d'accordo col mio collega –. Sfogliò il referto della sera prima e cominciò a riempirne uno anche lui.

– Ma non sono mica pazzo –. Parlavo con tono basso, misurato, per via del Valium; e nel tentativo di non apparire davvero mentalmente insano.

Si toccò i peli della barba. – Nessuno lo dice, infatti. Deve solo farsi una chiacchierata con uno psichiatra.

– E qui in pronto soccorso non ce n'è uno?

– Lo chiamiamo solo per i casi gravi.

Non ero un caso grave, dunque. Ma se mi avesse visto sul letto un'ora prima, cosa avrebbe pensato quell'idiota? Di internarmi? Non c'erano vie di mezzo: o eri sano con brevi fiammate di pazzia, o eri matto da legare.

– E se mi ricapita una di queste... crisi?

– Le ho prescritto del Prazene. Venti gocce all'occorrenza.

– E l'altro farmaco... l'En?

– Troppo blando.

– Allora sono cosí grave?

Scosse il capo, mi consegnò l'ennesimo foglio timbrato e firmato. – Non posso pronunciarmi, non è la mia specializzazione.

– E qual è la sua? Pressappochismo? Fancazzoterapia?

Ci restò male.

Mi appoggiai a Lucia fino all'uscita. – Adesso come cavolo torniamo a casa? – biascicai. Ero in imbarazzo, non riuscivo a guardarla. Lei mi reggeva con un braccio, mentre rileggeva il foglio del luminare. E non parlava. – Quanti soldi abbiamo? Possiamo permetterci un taxi?

Rispose: – Sí, – intanto se ne stava col foglio a venti centimetri dalla faccia.

In taxi, mentre il tizio puzzolente di fumo e prodigo di sbadigli guidava a palpebre pericolosamente ammezzate, parlai: – Un medico che ti dice: «Dovrebbe farsi aiutare. Ma non da me, eh. Da un altro». Non è pazzesco?

Lei ripiegò il foglio, disse al tassista: – Si può fermare alla prima farmacia aperta? – E a me: – Compro un attimo il farmaco che dice qui.

C'era una farmacia di turno in via Sempione. Scese dall'auto e, tre minuti dopo, ritornò con un sacchetto. Il tassista ripartí.

– Ce l'avevano?

– Sí. Ma perché non mi hai detto delle altre gocce? Quando le hai prese?

– Prima di mettermi a letto. Non volevo che ti preoccupassi.

I suoi occhi si velarono di lacrime, la voce scatenò tutta la paura: – Mi sono spaventata di brutto, Chri!

Io, invece, avevo goduto. – Lo so.

– Non nascondermi le cose, amore.

Nasconderle le cose? E come avrei potuto fare altrimenti? Non facevamo che nascondercele, le cose – qualunque cosa. Non parlavamo piú – almeno non di noi, non di quello che riguardava la nostra vita, men che meno la nostra vita sessuale. Eravamo freddi, abitudinari e stanchi, innamorati per inerzia, per inerzia compagni di letto; per inerzia dividevamo le spese e le bollette e lo stesso commercialista; per inerzia mangiavamo insieme, incontravamo qualche amico ogni tanto, sedevamo accanto sul divano a guardare la Tv. Provavamo – era ormai chiaro – una sorta di compassione spaventata, ma non troppo, l'uno per l'altra, ci muovevamo in cerchio come lottatori prima di abbrancarsi senza però alcuna intenzione di attaccarci. Litigare era facile, talmente facile che non ce lo permettevamo. Eravamo solidi di una solidità da castello medievale – una coppia collaudata, lentamente votata allo sgretolio, alla morte per sopportazione.

Sdraiato sul divano, mentre lei si muoveva per rigovernare la camera dal terremoto, dall'eruzione di vomito e bile, dalla lotta con Ale l'infermiere, io guardavo il soffitto, il Valium che mi succhiava dentro il suo mondo ipnotico talmente fuorviante da risbattermi qui e ora in piena lucidità, consapevole di ogni cosa, come se la luce della luna arretrasse per far spazio a quella viva del sole mostrando gli oggetti per quello che sono. Non avevo piú dubbi: era Lucia che mi faceva stare a quel modo, era il nostro rapporto che ormai non valeva piú niente, e io mi sentivo soffocare, soffocato, cadavere, e però il mio organismo, i miei arti, il mio cervello si rifiutavano di accettare quello stato di cose, e esplodevano la loro contrarietà con questi attacchi di panico, o quello che erano: erano crisi che indicavano la porta d'uscita, che dicevano «Via da qui, o tu o lei», che m'inducevano a cercare la valigia e ficcarci la mia roba dentro e lasciarle la sua casa con affitto bloccato e andarmene. Andarmene: già, ma dove? E come? Con quali soldi, dal momento che entrambi dipendevamo dall'altro, che i nostri due stipendi separati non sarebbero stati sufficienti a farci campare.

Eppure non potevamo continuare cosí, non dovevamo, eravamo ancora giovani e pieni di desideri, toccava a uno dei due dare il taglio al nastro, game over, gioco bello ma finito.

Il Valium era cosí, il Valium era un catalizzatore di sinapsi, il Valium mi metteva a mollo e poi mi restituiva ripulito, lucido, rigorosamente lucido, alla realtà piú ovvia.

Perciò stavo per andarle a dire: «Lú, è finita, prendiamone atto», aprii la porta del bagno e la trovai che guardava il cestello della lavatrice in movimento, seduta sul bidè, come ipnotizzata. Non si accorse di me. Richiusi piano.

Uscii con Mirko, c'incontrammo al McDonald's in corso Romania. Era affollato di adolescenti in coda per il loro hamburger. Ma la fame non era una priorità. Prioritario era rompere le palle al prossimo. Gridavano da una fila all'altra, si insultavano perlopiú, e ridevano sguaiati. O si spintonavano, lasciavano squillare i cellulari un'eternità. Masticare di chewing gum, deodoranti a gogò, jeans a vita bassa per i maschietti; trucchi pesanti e abbigliamento lolitesco per le signorine.

Eravamo seduti a un tavolino. Da lí, oltre le spalle e i capelli rossi dal taglio militare di Mirko, riuscivo a vedere l'ipermercato Auchan, le macchine parcheggiate, i carrelli della spesa saturi che venivano svuotati nei bauli, e piú i carrelli si svuotavano piú le macchine s'appesantivano sul retro, come succedeva ai culi femminili in spiaggia estate dopo estate.

A Lucia avevo detto: «Esco un po'». Lei, persa tra i panni da stendere, mi aveva guardato con un misto di stanchezza e apprensione. L'avevo raggiunta sorridendo, l'avevo baciata.

«Copriti», aveva detto.

In strada mi sentivo tranquillo, ma sapevo che quella era una tranquillità contaminata dalle benzodiazepine. Sapevo che l'effetto sarebbe passato. E avevo bisogno di parlare con qualcuno che non fosse Lucia.

Mirko ascoltò gli ultimi sviluppi della mia... malattia. Morse la cannuccia in piú punti mentre gli dicevo del placcaggio da dietro dell'infermiere e della pisciata pubblica. Quando smisi di raccontare entrambi ci ritrovammo imbarazzati, credo. C'era ben poco da dire.

– Cazzo, – fece lui. – In macchina m'ero accorto che eri pallido... adesso come ti senti?

– Il Valium fa ancora effetto. Però non so quanto durerà.

Diede un tiro alla cannuccia, ma la Coca-Cola era finita da un pezzo. Ci fu solo un gorgoglio plastico, come un rutto. – Vuoi dire che potresti sentirti male in qualsiasi momento? – Una strana luce gli passò negli occhi.

– Sí. Piú o meno.

– E perché non ti ricoverano?

– Dicono che devo andare da degli strizza, ché ognuno ha la sua cazzo di specializzazione. Poi questi altri decidono che farne di me.

– Sei... preoccupato?

Io al momento non lo ero. Ma mi resi conto che lui sí, lui lo era.

Gli passò ancora quella luce negli occhi, occhi che mi squadravano.

E capii che non era preoccupato per me.

Era preoccupato per sé. Per se stesso, che ora doveva interagire con un tizio che non ci stava piú tanto con la testa. E chissà cosa poteva capitare. Forse era meglio starmi alla larga.

– Cazzo, – ripeté.

Fu la prima volta che ebbi a che fare con quella sensazione. Dopo di allora mi è capitato di continuo: appena accennavo al mio «problema», ecco che l'atteggiamento dell'altro nei miei confronti cambiava radicalmente. Subentrava la diffidenza, avevano paura che il mio problema li intaccasse, sporcasse, rovinasse – che, frequentandomi, si esponessero a un rischio. Loro e chi gli stava vicino. E piú cresceva la loro diffidenza, piú un senso di perdita e delusione s'impadroniva di me.

Quella prima volta con Mirko fu orribile. Eravamo amici da anni, lavoravamo gomito a gomito, uscivamo spesso per farci una birra, provenivamo dallo stesso ambiente. Avevamo trascorso insieme piú di un Natale. Ci aveva raggiunto con la sua «tipa del momento» per un weekend a Barcellona, durante le ultime vacanze. Ma la nostra amicizia, o qualsiasi cosa fosse, si ruppe come porcellana finissima al primo urto.

Di lí a poco uscimmo nello smog freddo, lo accompagnai alla macchina, gli dissi che volevo fare quattro passi, che sarei tornato a casa a piedi.

– Sicuro, Chri? – Quella luce negli occhi, ancora e ancora. Forse stava immaginando una scena tipo me che davo di matto nella sua auto mentre guidava, gli sbavavo addosso, per pura follia lo percuotevo, afferravo il volante e indirizzavo le nostre vite a picco nella Stura. Lui gridava: «Nooo!» Mentre io ridevo, ridevo. E plof, giú nel fiume. Nessuno scampo.

– Sicuro. Ci vediamo in fabbrica! – Alzai una mano, mi allontanai in fretta.

Saltai sul primo 4 che passava. Mi ricordai dell'ultima urinosa esperienza sopra un mezzo pubblico. Per tutto il tempo non feci altro che guardarmi all'altezza del pisello, casomai il rubinetto si aprisse senza che me ne rendessi conto come la volta precedente. Ma a quell'ora – circa le sei di sera – c'era meno ressa che durante un giorno feriale. Però mi prese un brutto tremore alle braccia, non incontrollabile come quello che preannunciava una crisi ma continuo, molesto. Scesi alla fermata di via Lauro Rossi urtando un rumeno che mi strillò dietro qualcosa tipo un insulto strascicato nella sua lingua o uno «stronzo!» nella mia. Corsi, svoltai l'angolo, raggiunsi il portone di casa.

In ascensore tentai di calmarmi, mi schiaffeggiai in viso per darmi colore, imprecai un attimo.

Davanti alla porta, lungo sospiro. Ce la potevo fare. Ce la potevo fare. Lucia non mi avrebbe piú visto in quello stato, giurai a me stesso. Mai piú.

Aprii la porta. Lei stava stirando nell'ingresso, tra sbuffi di vapore.

– Ciao, – le dissi, e azzardai un sorriso.

– Com'è andata, amore?

Mi sfilai la giacca. – B-bene. B-bene. Alla g-grande! – Un po' balbettante, ma poteva starci: tornavo dal freddo di gennaio, mi scaldai ostentatamente le mani sfregandomele, poi le passai sul termosifone.

Mollò il ferro da stiro. Mi osservò.

Io alzai le sopracciglia, allungai un altro sorriso e ci misi pure una smorfietta da simpatico. Ficcai una gomitata involontaria al muro. Poi un'altra. – Brrr, – feci nervoso. – Si gela.

– Amore?

– S-sí?

– Penso sia meglio che tu prenda il Prazene. Che dici?

Dal Valium al Prazene in poche ore. Magari erano due farmaci che non potevano essere mischiati. Prima di prendere le gocce, le chiesi di controllare su internet.

– Cosa vuoi che ti succeda, Chri? Al massimo ti rimbambisce.

Mi sedetti sul divano, le mani sotto le cosce per tentare di bloccare il tremito. – E se uno esclude l'altro? Se si escludono a vicenda? Se insieme diventano... che ne so?... un veleno potentissimo? – Un brivido mi corse sui polpacci. Di lí a poco, sospettai, anche le gambe avrebbero cominciato il loro balletto. – Che ne sappiamo, Lú?

Lei scosse la testa, ma si diresse al computer. Digitò un po'. Cambiò piú volte schermata. – Qui non dice niente. Secondo me, puoi prenderlo.

Io cavai dal cassetto la scatola, tirai fuori la boccetta, la osservai. Osservai il liquido. Tremava. Perché cazzo trema?, pensai, poi mi resi conto che era la mia mano a scuotere il liquido.

– Le hai prese? – chiese Lucia mollando il computer e tornando da me.

– Un attimo! – La boccetta quasi mi cadde.

Lucia mi sfilò con delicatezza il foglietto dalle dita mezze rattrappite. – Guardo io... – Lo spiegò sul tavolo, si sedette. Io lessi da sopra la sua spalla.

Bugiardino del Prazene:

*CATEGORIA FARMACOTERAPEUTICA*

*Derivato benzodiazepinico ad attività ansiolitica.*

*INDICAZIONI TERAPEUTICHE*

*Ansia.*

*Stati di ansia, tensione, agitazione, irritabilità, labilità di umore; disturbi psiconeurotici; disturbi organici funzionali e turbe psiconeurotiche (nevrosi organiche).*

*Le benzodiazepine sono indicate soltanto quando il disturbo è grave, disabilitante o sottopone il soggetto a grave disagio.*

*CONTROINDICAZIONI*

*Ipersensibilità al principio attivo, alle benzodiazepine o ad uno qualsiasi degli eccipienti.*

*Miastenia gravis.*

*Grave insufficienza respiratoria. Grave insufficienza epatica. Sindrome da apnea notturna.*

*Primo trimestre di gravidanza e durante il periodo di allattamento al seno.*

Mi precipitai al pc, digitai «Miastenia gravis». Risultato:

La miastenia gravis (spesso abbreviata in MG, dal greco *myastheneia*, «debolezza muscolare», μῦς - muscolo, ἀ - privativo, σθένος - forza, e dal latino gravis, «grave») è una malattia neuromuscolare caratterizzata da debolezza muscolare fluttuante e affaticabilità. È una delle malattie autoimmuni meglio conosciute e gli antigeni e i meccanismi della malattia sono stati identificati con precisione. La debolezza muscolare è causata da anticorpi circolanti che bloccano i recettori colinergici postsinaptici o le proteine MuSK (*muscle-specific tyrosine kinases*) della giunzione neuromuscolare, inibendo l'effetto stimolante del neurotrasmettitore acetilcolina. La miastenia è trattata con farmaci immunosoppressori e con farmaci anticolinesterasici. L'incidenza della miastenia grave è di 25-142 casi per milione di abitanti. Si stima che in Italia ci siano dai 15 000 ai 20 000 pazienti.

Debolezza fluttuante e affaticabilità.
Antigeni.
Recettori colinergici postsinaptici.
Le proteine MuSK.
Acetilcolina.
Mio dio, che roba era mai quella? Mi riguardava? La mia debolezza «fluttuava»? I miei «ricettori» ricevevano male? Ero colpevole di «MuSK»?

– Allora? – Lucia era lei, adesso, alle mie spalle. – Tesoro, stai tremando dalla testa ai piedi!

Saltellavo col culo sulla sedia. – Po-trei a-vere que-sta co-sa, Lú, – le dissi, e i saltelli spezzavano le mie parole. – La mia-ste-nia.

Lucia chiuse piano il portatile. Mi baciò in fronte. Nella mano aveva già il bicchiere. Me lo porse. – Dài.

– Gra-vis!

– Non vorrai mica tornare in ospedale?

Sorbii il Prazene. Lo tenni in bocca un attimo, pensando di ingannare Lucia e, con una scusa, andare sul balcone e sputarlo di sotto. Poi lo ingoiai. Saltellavo talmente che per un attimo mi tornò su. Alla fine riscivolò giú per la gola, si perse dentro di me. Adesso che sarebbe successo? Come ci finiva quella cosa nel mio sangue? Era un po' come con la metropolitana, forse. Il sangue si fermava un attimo, apriva le porte, e le benzodiazepine montavano su. Andavano a sistemarsi nei vagoni giusti. Il sangue riprendeva il suo sferragliante viaggio nel mio corpo. Fino al prossimo giro. Sempre che ci fosse.

Lucia mi aiutò a raggiungere la camera, anche se ce l'avrei fatta benissimo da solo. Mi sistemò un paio di cuscini sotto la testa. Io guardai il soffitto. Non facevo che guardare soffitti. E rimediare figure da stronzo. – Lú, – biascicai.

– Ho il ferro da stiro acceso –. Mi accarezzò la testa, l'espressione un po' compassionevole. Poi se la tolse, quell'espressione. – Riposa, – disse.

– Tu controllami ogni tanto, okay?

– Dormi –. Uscí.

Dormire, spaventarmi, drogarmi, dormire. Le mie attività si stavano riducendo a quello.

– Ora ti faccio un ritratto, – dice mio nonno nel sogno. La barbetta fino al torace, il capello lungo, avorio, i denti gialli di nicotina. Grigio e azzurro si disputano la tonalità dei suoi occhi. – Poi quando sei famoso tu o divento famoso io, ce lo rivendiamo.

Dietro al cavalletto, comincia a prendere le misure. Intinge il pennellino nei colori.

– Come mi fai? – chiedo. Sono seduto su una poltrona.

– Importante, ti faccio, Christianino.

Mi sento avvampare, sorrido imbarazzato. – Perché? – Ho sei o sette anni.

– Perché tu diventerai qualcuno, da grande. Vedrai. E poi la gente vorrà vedere com'eri da bambino.

– Non basteranno le foto, nonno?

Fa un gesto inorridito. – Le foto! Le foto non hanno anima! Sono frigoriferi con la gente dentro –. Si accende la pipa. – Un dipinto, invece... – E non termina la frase. Non ce n'è bisogno.

Sto per dire qualcosa io, ma la stanza si fa buia. Un buio fermo, lungo.

Lucia aveva abbassato le tapparelle. E il sogno se n'era andato. Anche se non era proprio un sogno, ma un ricordo sognato. Quel quadro esisteva. Stava a casa dei miei, appeso alla parete del salotto. L'ultimo dipinto del nonno. Poi un ictus se l'era preso una notte, prima che si decidesse a firmarlo come tutti gli altri suoi quadri disseminati nelle case dei figli. Perciò era un incompiuto, e io non sopportavo che lo fosse. Mancava il suo nome, la sua L svolazzante, la sua G cosí chirurgicamente eseguita da sembrare già quella un'opera a parte.

Lucia si sporse sul letto un attimo a guardarmi. Io finsi di dormire.

La stessa cosa feci durante la notte, dopo aver rifiutato di mangiare. Mentre lei russava piano, in un sibilo, io ero sveglio. Piangevo in silenzio. Da un orologio in chissà quale appartamento del palazzo – un orologio un tantino molesto del quale fino ad allora non mi ero mai accorto – giungevano i rintocchi delle ore che si scambiavano di posto.

Io passai dalle lacrime alle preghiere. Signore, salmodiavo nella mia mente, signore. Anche se non ho poi tutta questa fede, dammi una mano, aiutami a superare la notte e tutte le giornate e le notti dopo questa. Signore. Se ci sei, dammi una mano.

– Sicuro che vuoi andare a lavorare? – mi chiese Lucia davanti al caffè del mattino. Quella settimana mi toccava il turno pomeridiano 14-22. Ero intontito, in pigiama, e avevo bisogno di una doccia e di sbarbarmi. Lei, invece, era già vestita e truccata, due orecchini le brillavano sui lobi come pietre scheggiate controluce.

– Sicuro. Sto bene.

– Ha fatto effetto, il Prazene. Visto che non sei morto? – Sorrise.

– Magari esageravo un po'.

Annuí. – Ma prendile solo se ne hai davvero bisogno, comunque.

– Ma certo! Figurati!

– Quella roba mette dipendenza.

– Sí, lo so.

La accompagnai al bagno, la osservai lavarsi i denti, le guardai il sedere fasciato dalla gonna e... non provai niente. Sulla porta, ci baciammo; le mostrai un bel sorriso rassicurante dei miei. Si chiuse l'uscio alle spalle. Aspettai di sentirla montare sull'ascensore, poi tornai sui miei passi e, bevuto il caffè, mi versai cinque gocce di Prazene in un bicchiere d'acqua.

Non era potente come il Valium, di questo mi ero già reso conto. Però non pensavo che fosse cosí blando. Quelle cinque gocce mi tennero tranquillo per non piú di due ore. Poi cominciarono a tornarmi in testa pensieri di morte – pensieri che non erano nemmeno pensieri, a ben vedere, ma sensazioni che mi legavano le sinapsi, me le soffocavano. Ero inchiodato alla paura.

Allora presi altre cinque gocce di Prazene. Dieci in tre ore. Non un granché. Ma non volevo esagerare. Accesi la Tv e mi sdraiai sul divano. C'era un programma senza senso sulla Rai. Una specie di contenitore mattutino, a presentare una tizia apparentemente tirata ma sotterraneamente a pezzi per la stanchezza. Rimasi a fissare lo schermo per un'ora buona. Non capivo di cosa parlassero, e mi domandai se fosse colpa del programma imbecille o delle benzodiazepine. Parole che s'infilavano dentro altre parole, e tutte quelle parole entravano in una galleria dove regnava solo il frastuono.

Avevo esagerato con le gocce: troppe e troppo presto. Mi avvicinai a passi scoordinati al telefono, fui tentato di chiamare Lucia, Rosario, l'ospedale San Giovanni Bosco, il mondo. Forse sarebbe stato meglio interloquire con uno psichiatra. Cercai sulla guida il numero del Centro di Salute Mentale di cui mi aveva parlato l'ultimo medico del pronto soccorso.

Ma sfogliavo, e non ci capivo niente. Cosa dovevo cercare? Centro di Salute... Salute? Che Salute? Centro di Salute Mentale, ovvio. Stava a poche fermate di bus.

Mollai la guida e m'infilai sotto la doccia.

Mentre mi lavavo la testa mi resi conto che ero passato da uno stato di totale respingimento del problema ansia e attacchi di panico a uno di accettazione completa. Fu la prima volta che mi considerai malato. Non un malato irrecuperabile. Uno con dei disturbi. Certi soffrivano di artrite. O di eiaculazione precoce. Altri perdevano i capelli. A me era toccato quel problema. Considerata in questo modo, la faccenda non era poi cosí grave.

Prima di uscire presi la boccetta di Prazene e me la ficcai nella tasca della giacca. Mi guardai nel vetro del portone, quando fui sotto. Il mio riflesso non mi piacque granché.

Salii sull'autobus, gli occhi bassi. Era la stessa linea sulla quale mi ero pisciato nei calzoni. Sperai di non incrociare qualche testimone della disfatta. Da un momento all'altro, pensai, qualcuno mi chiamerà: «Ehi, piscione!»

Non accadde. Quel che successe fu che arrivai a destinazione in breve tempo. Scesi dal mezzo e camminai per un centinaio di metri. Poi individuai il civico: un recinto di ferro battuto arrugginito. Sul cancello, ancora piú arrugginito, un cartello che doveva essere stato blu. Diceva: SerT. E sotto, a caratteri piú piccoli, CSM. Qualcuno aveva ricoperto il resto della dicitura con uno scotch. Sullo scotch, la mano di un simpatico umorista aveva scritto in stampatello: CENTRO SMISTAMENTO MINCHIONI.

Il cancello era aperto, cigolò quando lo spinsi. Un pratino ghiacciato che girava attorno a due prefabbricati, parallelepipedi di calcestruzzo e infissi dozzinali e vetri di plastica. Uno per i tossici, pensai, l'altro per gli schizoidi.

Nel prato, un sentiero non asfaltato che, come un serpente a due teste, conduceva ai due diversi ingressi. Seguii quello che, a quanto pareva, toccava a me. Però guardai verso il SerT, e notai gente in coda all'interno dello stabile. Erano perlopiú quarantenni andati a male – sia uomini che donne. Facce screpolate, occhiaie lunghe come notti polari, dentature marcite dall'eccesso, voci gutturali e balbettanti, risate da far rizzare i peli nel culo. Una porta si aprí e un infermiere fece segno al tizio primo della coda di accomodarsi; quella stessa porta sputò fuori una specie di coppia da zoo di Berlino, mano nella mano, lui alto, quasi albino, lo sguardo scioccato, lei una ex ragazza, minuta, gli occhi smorti sotto una fronte rugosa. – Che palle, – disse lei. – Che palle, – disse lui. Li guardai avviarsi al cancello, claudicanti, smarriti. Depressi. Qualcuno batté sulla plastica della porta, attirando la mia attenzione: un uomo con la faccia da vecchio, lucido di sudore, la barba che gli risaliva dalla gola al naso in folte spruzzate di peluria. Mi fece un cenno con la mano, la punta di tutte e cinque le dita congiunte, come a chiedermi che cosa avessi tanto da guardare; di fianco a lui, un magrebino (o almeno pareva tale) sui venticinque mi allungò uno sguardo rognoso. E gli altri in fila, tutti, si girarono verso di me. Li sentii parlottare tra loro. Il magrebino schiaffeggiò il vetro, o la plastica, o quel che era. Un rumore sordo. «Fatti gli affari tuoi», c'era scritto in quel rumore.

A me di loro non interessava un accidenti, ma lo stesso mi stupii per tutta quella solidarietà tossica. Chissà come s'erano bucati affabilmente reggendosi la siringa l'un l'altro nel corso dei decenni; nei garage, nelle macchine posteggiate alla carlona, ai Murazzi sul lungopò. Che bella cosa: crescere insieme in quel modo, fatti rifatti strafatti, senza altra aspettativa che una sostanza da ficcarsi in corpo per maledire i giorni e le loro febbri.

Non cercavo guai, anch'io avevo i miei problemi!

Mi voltai e proseguii fino alla porta d'ingresso che era la copia sputata di quella della Metadone's House. Buttai un'occhiata dentro: una sala d'aspetto, sedie rosse da assemblea condominiale, una bacheca. Entrai, lessi i fogli attaccati al muro: corsi di specializzazione sulla disabilità mentale, dibattiti, simposi – per medici, per infermieri, per farmacisti, per terapeuti. Tre giorni a Rimini. Sette in Valtellina. Sotto, il logo delle aziende farmaceutiche che «ospitavano» gli incontri. Trucchetti da quattro soldi per alimentare il core business della farmacopea. Io ti faccio un favore, tu mi fai un favore. Il mio farmaco vale quanto quello della concorrenza – magari un pochino meno – ma tu prescrivilo, e io ti mando spesato alle feste, dottore.

Sulla sinistra, un'altra porta: il vetro smerigliato, senza maniglia. Bussare e attendere, stava scritto su un foglio.

Bussai.

Attesi.

Almeno a me non toccava la fila.

La porta davanti alla quale sostavo si aprí dopo che intravidi una sagoma oltre il vetro. Un sorriso e due labbra carnose; sopra, il naso a punta; dietro il naso, un volto acqua e sapone con leggere striature di rughe ai lati di due occhi color asfalto; attorno all'ovale del viso una folta cornice di capelli ramati. Seno alto, fianchi piccoli, gambe lunghe. Tacchi. Se univi tutti questi puntini, compariva una trentacinquenne atletica, e un sorriso fa sempre grande impressione quando te lo rivolge una donna cosí.

Sorrisi di rimando, un po' impacciato. – È qua il paradiso?

– No, – disse, e fece finta di non aver colto. – Questo è il Centro di Salute Mentale –. Inclinò il capo, i capelli sventagliarono la spalla. – Posso aiutarla in qualcosa?

Adesso mi sarebbe toccato di dire a uno spettacolo della natura come quello che ero un poverocristo affetto da turbe psichiche come tutti gli altri che si presentavano a quella porta. Cercai di prenderla alla larga. – Volevo solo un paio di informazioni.

Non mi chiese di entrare, non venne fuori. Rimase lí, e anch'io restai piazzato dov'ero. Poi alle sue spalle individuai del movimento. Un tizio riccioluto, la carnagione scura, guardò un attimo verso di noi.

– Stefy, tutto okay?

– Sí, dottore. Grazie.

Quindi lei non era dottoressa. Era... cosa?

– Ho un amico... – cominciai.

Lei annuí.

– Ho un amico che, da un po' di tempo in qua, mi pare abbia dei problemi.

Annuí con piú vigore. Me la stavo cavando?

– E sono un po' preoccupato per lui.

– Che tipo di problemi ha, il suo amico?

Calcò sulla seconda parte della frase. No, non me la stavo cavando.

– Be', tipo... sa piú o meno cos'è l'ansia?

– Piú o meno...

– Ecco: lui soffre di queste crisi. Un momento sta bene, il momento dopo pare che stia per morire. Una faccenda delicata.

– E dov'è il suo amico? – Si sporse un attimo per guardare nella sala vuota. – Perché non è con lei?

– Oh, ma lui non sa che sono passato. E magari non lo saprà mai. Era solo per sapere... se avete dei consigli da darmi per... aiutarlo, capisce?

Sí, aveva capito. Glielo lessi negli occhi. Oltre ogni dubbio, aveva capito. – È già andato da un medico, il suo amico?

– È stato anche al pronto soccorso. Piú volte. In pochi giorni.

Parve soppesare la situazione. Poi disse: – Qual è il nome del suo amico?

Mi diedi una grattata al gomito. – Christian, – mi decisi alla fine. – Frascella –. Attesi che domandasse il mio nome. Non lo fece.

– Riuscirà a convincerlo a venire qui? Abbiamo solo uno psichiatra, e l'agenda è piuttosto piena.

– Riuscirò, – feci, solenne. Poi aggiunsi: – Ma lei non è tipo una psichiatra?

Scosse il capo. – No. Operatrice sanitaria.

– Quindi non... partecipa alle... come si chiamano... sedute?

– No.

Ottimo, pensai.

Mi disse di aspettare. Ma non mi chiuse la porta in faccia. La guardai allontanarsi. Il modo in cui camminava. Quei tacchi che le alzavano un sedere già aerodinamico. Mentre la aspettavo pensai che non era un problema mio, quello del sesso con Lucia. Perché mi bastava guardare quella donna, Stefania, chiunque fosse, per capire che lí sotto funzionavo ancora a dovere. Sospirai, quando ricomparve, un registro e una penna in mano.

– Mi ripete il nome? – Senza guardarmi.
Glielo ridissi.
– Domani pomeriggio alle quindici. Può andare bene?
– No, a quell'ora lavoro... cioè, lavora! – Idiota. – Lavoriamo, ecco –. Continuò a non guardarmi. – Di mattina, questa settimana... c'è posto?
Ma io volevo veramente parlare con uno psichiatra?
– In realtà, – fece lei, – c'è posto domattina alle nove. Il dottore di turno potrebbe riceverla... ricevere il suo amico a quell'ora, per una mezz'oretta –. Ora sí che mi osservò. Gli occhi asfalto un po' ironici.
– Okay, perfetto. Domani alle nove. Senz'altro –. Mi facevano sudare, quegli occhi, per l'imbarazzo della bugia.
– Mi può dare il numero del suo amico?
– Perché?
Breve sorriso. – Se dovesse capitarci un'urgenza, dovremmo poter avvertire. È la prassi.
– Ah, ecco –. Che dovevo fare?
– Può darmi anche il suo, se vuole, – insistette.
Mi arresi. Le dettai il numero del mio cellulare. Però cambiai l'ultima cifra, non so per quale motivo. Forse perché non volevo sentirmi obbligato, volevo aprirmi una via di fuga.
– A domani. Buona giornata.
E stavolta la chiuse, la porta. Piano, con educazione, ma la chiuse.
Corsi via dal Centro Smistamento Minchioni. Ed era proprio cosí che mi sentivo: un minchione.

A casa rimasi seduto davanti al pc per un'ora lunga e inutile. Il mio romanzo era kaputt. La storia di quel sedicenne incasinato che viveva con un padre alcolista e una sorella timorata di Dio non ne voleva sapere di essere raccontata. A chi altri poteva interessare se già a me non fregava nulla? Solo perché leggevo libri non significava che li sapessi anche scrivere. E poi non leggevo piú da una vita. Qual era lo spirito con cui avevo cominciato *Fuochi di Sant'Elmo*? Nessuno spirito. Solo un po' di divertimento tra un turno e l'altro, quando i miei orari non combaciavano con quelli di Lucia. Un modo di tenermi occupato. O una speranza? Ma che tipo di speranza? Non lo sapevo.

Squillò il cellulare, era Lucia. – Ehi, tutto bene? – chiese apprensiva.

– Tutto splendidamente –. Non mi andava di raccontarle del CSM. Forse anche perché mi sentivo in colpa per aver guardato con lussuria – come altro chiamarla? – quella Stefania.

– Hai mangiato?

No, dissi di sí. – Tranquilla, – aggiunsi.

– Magari. Allora vai a lavorare?

– Sí. Non mi va di starmene chiuso in casa a... – E non mi venne altro.

– Chiamami se... – E anche lei lasciò cadere la frase nel vuoto.

Riattaccammo.

Ero stanco. E, inutile negarlo, avevo paura.

Ero in macchina con Rosario, eravamo diretti in fabbrica. La mia Panda era ancora parcheggiata nel cortile aziendale. Sempre che nel frattempo non se la fossero rubata. Sentii salirmi un po' d'ansia. La ricacciai giú. Avevo il Prazene in tasca. Era tutto sotto controllo, e la mia cavolo di auto sarebbe stata lí dove l'avevo lasciata il venerdí sera.

– A che pensi? – chiese Rosario. Non era mai stato un tipo indiscreto, e fino a quel momento non mi aveva domandato nulla di... di quello che era successo, e dei suoi sviluppi. Sperai che Lucia non ne avesse parlato con Carmen.

– Nulla di che.

Lo stadio Delle Alpi sulla sinistra: troppo grande e troppo brutto. Un mammut di ferro e mattoni sui prati della Continassa.

– Potevi prenderti qualche giorno di mutua, o di permesso.

– Sto bene.

Incrociammo la Citroën di Mirko, la superammo con una lunga clacsonata. Lui rispose all'affronto, e partí la solita gara a chi arriva prima. Dal finestrino ci fece un verso osceno, di bocca e lingua, quando ci superò a sua volta.

– Bastardo, – dissi. – Tienigli dietro, Ro'!

– Ci provo!

Ma Mirko aveva la guida sportiva, e l'auto era seminuova. Ci staccò di brutto, bruciando un semaforo prima del cavalcavia per Druento.

– È andato, – dissi.

– Macchina del cazzo, – fece Rosario. E scalò dalla quarta alla terza, arreso.

Era una limpida giornata d'inverno, il sole se ne stava giallo in mezzo a un cielo azzurrino, privo di nuvole. Ma il freddo si faceva sentire. Il freddo e – appena vidi lo stabilimento dopo l'ultima curva – la tensione. Montava con l'accelerazione dei palpiti del mio cuore.

La mia Panda era lí, accanto alla Citroën che Mirko aveva parcheggiato da almeno cinque minuti. Lui non c'era piú.

Smontai e le diedi un'occhiata. Polvere, e sotto la polvere era la stessa di sempre.

– Entriamo, Chri?

Volevo scappare. Pum-pum-pum.

– Certo –. Raggiungemmo l'ingresso operai.

Una volta che ci fummo cambiati infilandoci nelle nostre tute blu chiazzate di unto millenario, raggiungemmo la postazione di Piero, il capoturno. La fabbrica era un martellare, uno stridere, un bucare, un fumare, un ridere da fine turno e uno sbadigliare da inizio.

Trovammo gli altri colleghi in cerchio attorno a Piero. Tutti quegli uomini mi avevano visto svenire – svenire! – solo due giorni prima.

I piú anziani mi guardavano incuriositi, non mi parlavano. Gli altri mi chiedevano come stessi, mi battevano una mano sulla spalla, prendevano un po' in giro per sdrammatizzare. Io rispondevo ai loro sfottò con altri sfottò.

Piero mi vide per ultimo. – Come andiamo?

Annuii. – Ero solo stanco.

Ma notai che gli altri, dopo che Piero ci ebbe spedito alle macchine coi guanti nuovi di gomma lucida, continuavano a sussurrarsi qualcosa che mi riguardava, ridevano. Mi fissavano, poi si avvicinavano al collega che stava facendo altrettanto, e insieme se la ridevano.

– Guarito? – mi chiese Anna, una ragazza carina dell'altro turno. Non solo carina. Bella. Mora e sexy. Aveva occhi azzurri, limpidi. Di solito nemmeno mi calcolava: ora ero l'attrazione dello stabilimento.

– Non stavo mica male, – e alzai le spalle.

Persino sotto il taglio grossolano della tuta da lavoro, intravedevo le sue forme. Lei era Miss Fabbrica. «Mi farei Miss Fabbrica», era la frase di rito di tutti i maschi che se la rimiravano di continuo lí dentro. Che fossero sposati con prole, o fidanzati pronti al grande passo con le loro ragazze, in fabbrica dimenticavano tutti i legami, l'etica, e tornavano a un livello animale. Uno stato che prevedeva solo idee-chimere di accoppiamento con le femmine in tuta blu. E anch'io ero cosí, sebbene fino a quella mattina non lo avessi mai ammesso con me stesso. Desideri bestiali, nient'altro. Sesso.

– Ma che ti è successo? Che avevi?

– Colpa tua, Anna. Ti pensavo e pensarti mi ha fatto sbarellare.

Rise, la testa all'indietro. Avrei potuto contarle i denti, mi pareva che ci fossero tutti.

– Scemo.

– Davvero!

Mi toccò il torace. Non mi aveva mai toccato, prima. – Buon lavoro, – disse, languida. E si allontanò.

Mirko aveva assistito a tutta la scena. Fece un cenno, su e giú con la mano. – Ah bastardo! – esclamò.

Suonò la sirena. Sorrisi, m'infilai i tappi nelle orecchie, misi i guanti, mi piazzai alla pulsantiera. Piero mi aveva spedito all'assestamento, una macchina molto piú tranquilla di quella del mio ultimo turno. Dalla trancia, il pezzo arrivava sul nastro piú leggero perché forato. La mia pressa doveva solo riassestarlo, appunto. Mi bastava appoggiarlo sullo stampo. Schiacciare i tasti, aspettare un secondo mentre la macchina si chiudeva come una bocca sull'osso. E guardare gli estrattori sputare via il pezzo «raddrizzato» sul nastro della pressa seguente.

Appena i pezzi dalla trancia di Mirko cominciarono a

balzare sul mio nastro, avvertii una sensazione spiacevole: alle gambe, alle spalle. Caldo, e poi freddo. Come se fossi uscito dalla doccia e avessi dimenticato la finestra del bagno aperta.

Ma non ero appena uscito da nessunissima doccia. E sapevo ormai bene cos'era quella sensazione.

Stava arrivando.

Anzi, non se n'era mai andata.

La crisi. L'ansia divorante. Si era acquattata dentro di me per qualche ora, a preparare l'attacco: e adesso aveva di nuovo fame. Voleva ricominciare a mangiarmi. Un paio di morsi per assaggiarmi, all'inizio. E poi fauci spalancate, per azzannarmi in un unico boccone. Io ero diventato il suo pasto quotidiano. Tre volte al giorno, piú qualche spuntino.

Respirai con fatica. Con fatica sistemai i pezzi sullo stampo, premetti i tasti. Non volevo guardare Mirko, non volevo guardare l'anziano operaio della macchina seguente. Non volevo fare altro che il mio lavoro, occuparmi di sfangare il turno, timbrare e andarmene a casa.

Ma non potevo. E non c'era scampo.

Oddio, pensai. Non un'altra volta, non davanti a tutti. Oddio. E piú pensavo cosí, piú la paura risaliva in brividi lunghi, sfiancanti, dalle caviglie alla testa. Ero un pugile inerme, e il mio avversario – qualunque sembianza avesse – mi colpiva con ganci precisi e dolorosi alle tempie.

Stordito, alzai gli occhi dal nastro.

Individuai Piero, che passava di là per controllare la produzione.

Lo chiamai. Non so come uscí la mia voce, ma lui si voltò.

– Piero, devo andare a pisciare.

Si avvicinò al nastro. – Di già?

– Sí, scusa. Me la sto facendo addosso.

Mi diede una lunga squadrata. Durante quello sguardo intenso, cercai di trattenere in corpo qualsiasi indizio del terrore che mi bruciava e raggelava ovunque.

– Vai, – disse alla fine, in un sospiro. Si mise alla mia postazione. Mi sfilai i guanti, i tappi, biascicai un «grazie» che forse nemmeno gli sfiorò i timpani, corsi, Mirko non mi vide passare, Rosario – che era alla prima macchina – sí. – Ehi, – disse solo, fermandosi.

– Pisciare, – spiegai. – Cesso.

Gli feci un cenno.

E ripresi a correre. Dapprima in direzione del bagno, poi sterzai, spedii le gambe verso gli spogliatoi. Però c'erano quelli del turno precedente che si stavano cambiando. Tra schiamazzi, risate, sudore, insulti a voce sfibrata.

Un tizio con la barba grigia di cui non ricordavo il nome disse: – Ecco il matto!

Gli altri risero, ma mi guardarono incuriositi.

– E piantala, – dissi. Cavai la chiave dal taschino, cercai d'infilarla nel lucchetto. Ma la mano mi tremava troppo.

E tutti videro che tremava. Chiusi gli occhi, li riaprii, riuscii a infilare la chiave, la girai, spalancai l'armadietto, afferrai la giacca, scavai nelle tasche, trovai il Prazene. Cercai di ficcarlo il piú velocemente possibile nei calzoni.

Ma naturalmente quelli non stavano osservando che me, la loro immobilità era piú assordante delle presse quando stritolavano il pezzo.

– Che c'hai? – chiese il barbuto.

Chiusi l'armadietto.

Ho l'orrore, volevo dirgli. L'orrore che mi spacca il cuore, le membra, mi stritola le ossa, mi ruba il fiato, mi uccide. Questo ho. Tizio barbuto e ficcanaso, rompiballe: io non sono sano come te, sto male, sto morendo. E la tua curiosità morbosa – la tua e quella di questi altri qua dentro – mi fa schifo. Io non ti chiedo cos'hai. Io non ti ho mai chiesto un cazzo.

Li mollai, uscii in fretta, sentii che ridevano, raggiunsi la Zona Ristoro (due tristi macchinette di bibite, panini e brioche messe di sbieco rispetto alla porta del cesso), infilai una moneta, cavai fuori una bottiglia di naturale, trovai un bicchiere di plastica. Entrai nel cesso. Mi ci chiusi dentro. Versai l'acqua nel bicchiere, poi le gocce di Prazene. Ne contai quindici, ma forse erano di piú quelle che mi buttai in gola con la mano tremante.

Rimasi seduto su un gradino nella Zona Ristoro per qualche minuto. Il frastuono nella fabbrica non contribuiva a migliorare le mie condizioni. Guardai quelle formichine blu che erano i miei colleghi, intente nelle loro operazioni: si muovevano nel ventre sputa-eco dell'industria automobilistica, nessuno sapeva della loro esistenza. Quando le auto finivano nei concessionari, gli acquirenti indirizzavano almeno un pensiero a chi aveva contribuito alla creazione di ciò che stavano per portarsi a casa, nei loro garage? O avevano dell'industria un'idea di robot intelligenti, che saldavano, modellavano, verniciavano le lamiere senza intervento umano? Se la ricordavano, ogni tanto, la classe operaia? Dai tigí, dalle trasmissioni televisive, persino dai giornali i metalmeccanici parevano scomparsi. E i siderurgici. E i metallurgici. I minerari. I tessili. Quelli chimici e petrolchimici. Quelli nei cantieri navali. Un sottopaese che lavorava per stipendi da fame, milioni di individui, uomini e donne, giovani e vecchi, una classe operaia che in paradiso non ci sarebbe piú andata. E io ero quella cosa, un operaio, una tuta blu, una formica trascurabile.

Le benzodiazepine avevano raggiunto i miei neurotrasmettitori, dal fegato s'erano distribuite nei punti strategici del mio organismo. Non avevo piú paura. Ma non ero propriamente lucido.

Non potevo stare in pausa in eterno. Considerando che a sostituirmi c'era il capo e non un operaio qualsiasi. Mi alzai. All'inizio mi parve di camminare su un tappeto di spugna, quasi persi l'equilibrio, mi appoggiai a una colonna d'acciaio che reggeva con altre decine il tetto del capannone.

Ripresi a camminare, ma un muletto che trasportava

scatole di materiale plastico quasi m'investí. – Cazzo fai, dormi? – chiese inviperito il tizio alla guida.

Ma vaffanculo. Tornai in bagno. Mi buttai addosso dell'acqua gelida, mi guardai nello specchio. Ecco la mia faccia. La faccia di uno che prima è troppo spaventato e vuole sedarsi, e poi, una volta sedato, vorrebbe tornare arzillo con una sciacquata sugli occhi.

Piú mi avvicinavo alla mia postazione, piú sentivo salirmi la nausea, e lo schiocco delle lamiere tranciate, i riflessi della luce sui pezzi e sugli scivoli di ferro mi assordavano e accecavano. Le gambe non erano molli, erano stecchini di legno curvo – ancora un passo azzardato e si sarebbero spezzate.

– Chri... – provò la formica Rosario, ma stavolta non gli feci nemmeno un cenno.

La formica Mirko disse: – Oh, bello! Bello! – Ignorai anche lui.

Piero finí di lavorare un pezzo, avvertí la mia presenza alle spalle, mollò la pulsantiera: – Quanto tempo ci hai... – e poi mi vide. Gli si allungò il mento sotto la bocca aperta. L'espressione era confusa, preoccupata. – Che hai fatto?

Alzai le spalle: che avevo fatto? Niente. M'ero solo purgato il cervello.

Schiocchi, lame di luce, facce girate nella mia direzione, curiosità morbose. Chi me lo faceva fare? La pagnotta? Sospirai. – Non sto bene, Piero. Vado a casa.

L'abitacolo della Panda puzzava. Aprii i finestrini, il portellone. Piero aveva insistito perché mi sdraiassi in infermeria o che qualcuno mi accompagnasse. Ma avrebbe significato perdere due operai in un colpo solo, e sapeva di non poterselo permettere. Lo avevo rassicurato, avevo detto che era l'influenza che girava, stupidaggini di questo tipo. Lui aveva insistito. Io ero stato irremovibile. «Se ti succede qualcosa mentre guidi...»

«Andrò piano. E mi fermo, se qualcosa non va. Lasciami andare». E avevo sputato un sorriso convincente quanto uno starnuto.

Arieggiai l'abitacolo per una decina di minuti. Non mi ero nemmeno cambiato. Forse ero io a puzzare e non la macchina.

Richiusi tutto. Avviai, uscii dal parcheggio. Guardai dal finestrino l'ingresso operai, mi prese quasi un conato. M'immisi sulla strada. Andatura modesta. Il Prazene, invece, accelerava dentro di me.

Guidai come un automa fino a Savonera. Poi dovetti accostare, aprii lo sportello, vomitai. Mi passai un fazzoletto sulla fronte, ripulii la bocca. Sputai l'acido dei succhi gastrici. Appoggiai la testa al volante e mi misi a piangere. Anche le lacrime sapevano di vomito. Ero straziato. Non riuscivo a smettere.

Fino a che qualcuno non bussò insistentemente sul finestrino del passeggero.

Un sessantacinquenne calvo col volto sorridente mi fece ciao con la mano. – Collè, – disse. – Che hai, collè?

Collè? Lo guardai meglio. Era Tonino Mascia, un ex operaio della mia fabbrica. Pensionato da un paio di anni. – Scendi, collè! – disse.

Tonino Mascia lo chiamavamo «Sissignuri». Tutta la sua vita lavorativa l'aveva trascorsa nella stessa fabbrica. Era arrivato a Torino con le grandi migrazioni. Il primo impiego che aveva trovato si era rivelato anche l'unico. Trentacinque anni alla pressa, a lavorare come un cane da lamiera, a stampare pezzi su pezzi su pezzi. Lui c'era prima di tutti e di tutto. Prima dei capiturno, prima dei nastri trasportatori. Negli anni Settanta, stampava un pezzo, se lo caricava sulle spalle, e lo portava al collega della macchina successiva. Otto, dieci, dodici ore cosí. E ce lo raccontava, a noi della nuova era industriale, con un misto di arroganza e malinconia. «Non potete capire, voi, il tombino che ci facevamo!» E manco ce ne fregava granché. Ma lui proseguiva coi suoi monologhi sui tempi andati. Diceva che i guanti non erano come quelli che utilizzavamo adesso. No, roba di pezza, che si squagliava subito con l'olio. Le lamiere – diceva, mostrandoci le mani grosse, callose, segnate – a mani nude, su e giú per la fabbrica.

Non c'erano le pause. Si mangiava alla macchina, tra un pezzo e l'altro.

Non c'erano le festività. Almeno, lui non se le ricordava.

Non c'erano i bottoni rossi che arrestavano le macchine, se qualcuno restava impigliato. La macchina se l'ingoiava, lo triturava, lo sputava fuori a pezzetti. (E noi: «Esagerato, Toní!»)

Non c'erano i cessi, solo una buca nel terreno fuori dal portone. D'inverno ti congelavi «la minchia» per pisciare.

Non c'era la mutua.

C'era solo il lavoro. Ce n'era tanto. Si lavorava la sera della vigilia di Natale. Si lavorava a capodanno.

«Voi siete fortunati. Voi non sapete».

«E quando ti fanno capo?», chiedevamo noi.

Lui alzava le spalle, faceva smorfie. Tante volte, gliel'avevano proposto. Ma lui aveva sempre rifiutato. Non si voleva «immischiare coi capi».

Non era vero: ai padroni la sua presenza in linea faceva comodo; era un esempio di abnegazione e fedeltà. Ma tutt'altro paio di maniche era dargli responsabilità produttive che non fossero quelle di schiacciare pulsanti e controllare il prodotto semifinito. E lui prendeva ordini dai giovani capetti appena arrivati, senza fiatare. Anzi, rispondendo sempre: «Sissignuri!» Da lí, il soprannome.

Era andato in pensione, dopo aver lavorato fino all'ultimo giorno. Mezzo cieco, ignorante, la faccia gialla di fumo.

Alla festa di pensionamento – un quarto d'ora netto – che i capi gli avevano organizzato in sala mensa, il geometra Masseri aveva detto: «Oggi ci saluta un vero eroe dell'azienda, la nostra memoria storica, un esempio per chi resta. Tonino! Fatti abbracciare!»

«Sissignuri!»

E il geometra se l'era stretto un nanosecondo al petto, ripulendosi la cravatta appena s'erano staccati.

Torta e spumante.

«Che farai, adesso, Toní?»

«C'ho l'orto, a casa. All'orto voglio pensare finché passo all'altro mondo... Se venite a trovarmi, vi riempio una cassetta di frutta e verdura! A tutti quanti!»

Anna aveva messo un cd nello stereo. Domenico Modugno. *Musetto*. Cantatina generale. Bevutina.

Poi la sirena aveva strillato. Baci e abbracci.

Tonino, occhi umidi, ci aveva guardati andar via.

«Toní, spassatela!»

«Sissignuri!»

Dopo aver parcheggiato meglio l'auto, lo seguii come ipnotizzato fino a casa sua – un'onesta villetta su due piani, tinteggiata con colori troppo sgargianti. Tonino camminava un passo avanti a me, ancora atletico. – Ti faccio una cosa calda, – disse. – Che hai mangiato?

Non si ricordava il mio nome. E io non glielo dissi. Ero un collega – un collè, e tanto bastava. La tuta da lavoro lo testimoniava oltre ogni dubbio, con il logo della fabbrica stampato sul cuore.

Non bussò. Cavò fuori le chiavi, e aprí. Non mi ricordavo se avesse una moglie, o se fosse morta quando lui ancora lavorava con noi. Ma forse era solo da un'altra parte, al lavoro, dai nipoti.

In casa c'era un bel calduccio accogliente, e la mobilia era vecchia ma volgarmente elegante come l'esterno. Il soggiorno con la credenza, il crocifisso sul televisore a trentadue pollici, un tavolo ricoperto da una tovaglia bianca fatta all'uncinetto. Foto di famiglia, in bianco e nero e a colori, sistemate come elementi del domino su tutte le superfici – sguardi antichi sotto cappelli di paglia e acconciature austere; bambini con le magliette di Super Mario. Sedie spaiate ma dall'aria resistente, un divano e una poltrona di similpelle.

Me la indicò. – Vieni. Siediti.

– Sono sporco, Toní.

S'indicò la terra e il fango sui calzoni. – Pure io! – e sorrise con un colpo di tosse. Entrò nel cucinotto, da lí mi parlò: – Allora? Come va?

Voleva sapere della fabbrica. Gli gridai qualche boiata: c'era poco lavoro e troppe persone, si parlava di cassa integrazione, di mobilità. Forse ci avrebbero inglobati in un'altra filiale, quella di Chivasso.

– Ah sí?

– Va tutto in malora, sí.

– E chi me la paga la pensione, se chiudete? – Sentii che rideva, intanto preparava chissà cosa. Mi domandò degli altri, di Nicola, che era suo paesano. Non avevo idea di chi fosse, ma gli dissi che era sempre in forma.

– Teniamo la pellaccia! – fece, fiero. Poi comparve con una scodella e un filone di pane, li sistemò sul tavolo. – Mangia, dài.

– No, scusa, ho problemi di stomaco –. L'avrai visto, pensai, il mio eloquente vomito sulla strada!

– Infatti. Brodo di pollo. Ti fa bene –. Con le sue mani callose prese a spezzare il pane, e buttò i brandelli nel brodo. – Forza! – disse perentorio.

Mi alzai riluttante – che ci facevo in quella casa, con quell'uomo che conoscevo appena? Scostò la sedia, aspettò che ci piazzassi su il deretano. Poi anche lui si sedette, indicò il piatto. – Forza!

Gesú: com'ero ridotto. Suscitavo pietà in un vecchio che non sapeva nemmeno il mio nome. Ma l'odore del brodo non era male. Presi il cucchiaio, ne sorbii un po'. – Buono, – dissi.

– Il pollo l'ho ammazzato io sabato. L'ultimo che avevo, prima tenevo galli, galline, conigli. Pure una tartaruga!

– Mh –. Non è che era brodo di tartaruga, quello?

– Costa fatica star dietro anche agli animali. Preferisco l'orto.

– Eh sí.

– E i capi? I capi come stanno?

Tutti bene, dissi. Ma non era vero: Saverio, il boss dell'assemblaggio, aveva avuto due infarti, stava per tirare le cuoia. Qualcuno era andato a trovarlo in ospedale e Saverio aveva chiesto se potevano aiutarlo a suicidarsi. – Ti manca, il lavoro? – chiesi, giusto per continuare la conversazione. Intanto mangiavo e lo stomaco pareva gradire.

– Macché! – proruppe. Forse con troppa enfasi. – Ho il mio orto, ora te lo faccio vedere! Mangia.

– È proprio buono.

– Vuoi vedere la televisione?

– No, grazie, Tonino.

– Ti darei un po' di vino, ma visto che stai poco bene...

– Grazie, no, fa lo stesso.

Si guardò intorno. Il centrotavola era una ballerina di flamenco con tanto di vestito rosso sgargiante e nacchere alle piccole dita di plastica. – Li fate ancora i cofani delle Mercedes?

– Altroché! – Non ne vedevo da secoli.

– E i portelloni delle Clio?

Annuii, come a dire: «E che me lo chiedi a fare?»

Sorrise, piccoli spuntoni gialli al posto dei denti. – Te l'ho mai raccontato di quando non c'erano i nastri?

Un milione di volte. Ma aggrottai la fronte, fingendo di non sapere nulla.

Lui partí coi ricordi, avrei potuto anticipare tutte le cose che andava dicendo, e anche il tono. Ma lo lasciai fare. Che altro c'era per lui, in quella vita? E per me, nella mia? Il tempo, fuori, stava cambiando: erano arrivate le nuvole, calava un po' di foschia.

– ... a mani nude! – concluse lui, tutto rosso in faccia, le mani sollevate tra di noi di modo che le guardassi.

– Però! – esclamai, fingendo stupore. – Eravate proprio dei pionieri!

– Dei?

– Pionieri.

Continuò a guardarmi interrogativo. Poi fece un gesto vago. – Eh sí.

Avevo vuotato il piatto.

– Ne vuoi ancora? Ce n'è.

– Gentilissimo, Tonino, ma sono pieno. Mi ha fatto proprio bene.

Sparecchiò, io mi alzai per dare una mano, ma non volle aiuto. Lo ascoltai lavare i piatti, imbustare il pane. – E tua moglie, Toní? – chiesi quando tornò al tavolo.

– Che?

– Tua moglie? Come sta?

– Moglie! Quale moglie? Io sono zitello! – E rise picchiando una mano sul tavolo.

– Ah già! – feci, per recuperare. – Mi confondevo con Nicola.

– Nicola? – quasi strillò. – Nicola è vedovo da vent'anni!

Ma infilarne una giusta no, eh? Mi battei sulla fronte. – Vero! Che testa! – Indicai le foto dei bambini. – I tuoi nipoti?

– Essí. Stanno giú al paese. Figli di sanguisughe! – Scosse il capo, rabbuiato, la fronte raggrinzita. Che significava? Forse un loro modo di dire. Poi tornò lieto: – Vieni, ti faccio vedere l'orto.

Era sul retro della casa, ci si accedeva dalla sala da pranzo. La terra era dura sotto i nostri piedi. C'era un passaggio centrale che conduceva fino alla parte opposta, dove svettava un pozzo.

Mentre camminavamo sui piccoli sentieri di quella scacchiera di coltivazioni, via via me ne parlava.

A marzo, disse, dove adesso non c'era niente sarebbero comparse le rape e un mare di lattuga che ti ci potevi tuffare.

L'albero di limoni, sulla destra, avrebbe riempito di piccoli soli lo sguardo. I ravanelli – mi piacevano, a me, i ravanelli? A lui sí, da morire – sarebbero tornati anche quelli. Per le cipolle e i fagiolini, quelli veri, non le schifezze dei negozi, bisognava aspettare il sole potente della primavera, il maggio focoso. Mi disse che sarei dovuto tornare quell'estate: uno splendore della natura mi avrebbe accolto. Fragole attorcigliate all'albero di pesche e a quello di albicocche, avrei visto. E, se il tempo avesse tenuto, certi meloni gialli!

– Complimenti, Toní, – dissi.

Lui si passò un fazzoletto sulla fronte. Guardò il cielo. – Mette a pioggia, – disse.

Lo aiutai a ricoprire coi teli. Mi piacque dargli una mano, era gentile, sollecito, felice come un bambino al parco giochi.

Lo invidiai, per quell'amore che dava e riceveva. Uno scambio puro. Ti darò quello che tu dai a me, pareva sussurrare quel posto.

Prima che me ne andassi, mi riempí una cassetta con tutto quello che poté. Io protestai. – Zitto! – disse. La serrò con un sacco di iuta e un legaccio. Mi accompagnò alla macchina, sistemò la cassetta nel baule. – Guida piano, – consigliò. Poi aggiunse: – Torna quando vuoi.

Il mio vomito era ancora nella sua pozza.

Mentre mi allontanavo, guardai Tonino nello specchietto retrovisore fino a che non fu inghiottito dalla foschia.

C'erano cinque chiamate sul cellulare: quattro di Lucia, una di Rosario. Un messaggio in segreteria: «Chri, dove sei? Mi ha chiamato Rosario... che succede? Chiamami». Le mandai un sms: «Tutto ok, mi sono fermato da un ex collega a Savonera. A dopo».

Ma lei ritelefonò subito, mentre parcheggiavo sotto casa. Dovetti spiegarle che cos'era successo, lei ascoltò un po', dopo con voce afflitta chiese: – Chri, ma che hai? Si può sapere?

Cosa voleva che avessi? La tranquillizzai: – Sto bene, adesso –. Riattaccai per non sentire piú tutti quei sospiri, quelle domande a cui non potevo e non sapevo dare alcuna risposta. Non ci sono parole, capii allora, non ci sono parole per raccontare agli altri, persino alla tua compagna, quello che senti.

Quando ero lí lí per entrare in casa, la porta dell'appartamento di Iside si aprí, la serratura elaborata che schioccava come colpi di mortaretto.

– Giovanò, – esordí. In testa aveva una retina, antica come lei.

Mi guardò raccogliere la cassetta che Tonino mi aveva riempito. Pesava.

– Dica.

– È venuta l'ambulanza, l'altra notte –. Non era una domanda. Era una specie di accusa.

– Sí, non sono stato bene.

La pelle pareva di cartavetrata rosa sotto quella stupida retina. – E che avevi?

– Mah, – feci, noncurante, – niente di che, signora. I medici dicono che potrei essere incinto. Adesso devo decidere se tenerlo, 'sto bambino, o se farmi svuotare l'utero.

– Prendi in giro.

Sospirai, entrai in casa.

Lei gridò: – Ti tengo d'occhio!

Sistemai la frutta e la verdura. Poi mi piazzai davanti al pc, cercai qualcosa di esauriente a proposito delle carinissime Crisi di Panico. Su un sito di psichiatri e terapeuti c'era una lista dei sintomi: accelerazione dei battiti cardiaci, tremori, fiato spezzato, paura di morire eccetera. Una persona su dieci, nel corso della vita, soffriva di almeno una crisi. Soprattutto le donne (era un aspetto di cui rallegrarmi?) Ma il panico non faceva distinzioni di razza, classe sociale, zona geografica. Si diffondeva dappertutto. Era un'entità perturbante ma profondamente democratica. Il DAP (Disturbo da Attacchi di Panico) era il male strisciante della nostra epoca. La parte peggiore, dicevano gli strizza del sito, non erano tanto le crisi di panico, quanto l'attesa dell'eventualità che si verificassero. Il che generava una continua confusione, perché l'attesa del panico era già una forma di panico. Come il cane che si morde la coda, se non ti curavi continuavi a girare su te stesso: paura, paura della paura, paura della paura della paura. Rimedi? Terapie e cure farmacologiche. Antidepressivi a iosa – ogni psichiatra ne aveva uno preferito, come le caramelle. Ansiolitici: un certo Rivotril andava per la maggiore, era il leader incontrastato tra gli ipnotici prescritti. In diverse città c'erano persino gruppi di malati che si riunivano, come gli Alcolisti Anonimi, e a turno parlavano della loro situazione, dei loro progressi. Tutto era comunque strettamente collegato a fenomeni depressivi. A lungo andare, la faccenda si faceva debilitante in tutti i campi, in particolar modo quello sociale.

Quindi ero depresso, e non lo sapevo. Perché ero depresso?

Cominciai a pensarci su. La mia storia con Lucia non era al suo massimo splendore, diciamo. Questo però non significava che non potesse riprendersi. Ma come affrontare il problema, se lei non lo viveva come tale? O lo viveva come tale? Avremmo dovuto parlare, per esempio, della scarsa frequentazione sessuale reciproca. Il fatto che guardassi altre donne (la tizia del CSM, la mia collega Anna, le ragazze per strada) spezzava una lancia a favore della mia virilità, ma creava un cortocircuito all'interno della nostra coppia. Se fuori desideravo, perché nel mio letto no? Cosa avevo, cosa aveva lei? E lei, lei desiderava fuori dal nostro letto? Non sapevo come imbastirci una discussione matura.

O forse ero depresso per il lavoro? Cristo, chi non lo sarebbe stato! Stampare lamiere di auto che non avrei mai potuto permettermi: quello sí che ti faceva deprimere. Quei turni massacranti. Con l'unico – l'unico – interesse rivolto non alla buona riuscita del ciclo produttivo, ma al ventisette del mese, giorno di stipendio. Ma allora tutti gli operai del mondo avrebbero dovuto soffrire di quella cosa, del DAP.

Poi c'erano le mie ambizioni. Un libro che non riuscivo a terminare, perché non ne vedevo la necessità – altrimenti lo avrei almeno finito, no? Che: volevo diventare uno scrittore? Io? Assolutamente no. Mi venne da ridere. Però, sí, era deprimente non averlo almeno finito, giusto per farlo leggere... a chi? Agli amici? Ah!

E, a proposito di amici: su chi potevo contare? Rosario, sí. Su di lui senz'altro. E Mirko? Su di lui no: me n'ero accorto durante l'incontro al McDonald's. Il modo in cui aveva reagito quando gli avevo raccontato dell'ultima crisi: paura mista a impazienza mista a menefreghismo. E timore del contagio. Infatti, questa volta non aveva nemmeno telefonato.

Poi, cos'altro? La famiglia. La famiglia! Per carità!

Ma che malattia cagna era, quella, che ti spingeva a domandarti cosa non funzionava nella tua vita, e su chi e che cosa potevi fare affidamento nel bisogno?

Mi alzai per cercare le sigarette, e avvertii la solita brutta sensazione: alle gambe, alla testa. Malato di DAP. Noi del DAP ne sappiamo una piú del diavolo. Per esempio, riconosciamo una crisi in arrivo dai sintomi piú blandi.

E ci accorgiamo anche quando stiamo per vomitare.

Corsi al bagno, mi piegai sul water: due conati e spruzzai tutto il brodo di pollo ingerito in questa vita e in quell'altra. Mi appoggiai al muro, le lacrime per lo sforzo e per lo scoramento che mi rigavano calde il viso.

Sentire girare la chiave nella toppa alle sette di sera fu la parte peggiore. Mi ero fatto una doccia, infilato una tuta, avevo ripulito il bagno. Avevo imboscato il Prazene – non sapevo nemmeno quante gocce avessi buttato giú dal risveglio. Troppe. Poi avevo cincischiato, un libro in mano, per la casa, fumando sul balcone – terrorizzato all'idea di uscire.

L'ingresso di Lucia, atteso ma poco desiderato, mi rifiondò in una sensazione di precarietà. Avrei voluto urlare, chiederle di andarsene, di lasciarmi in pace.

Invece, nemmeno tolse la giacca che già diceva: – Allora? Che è successo?

– Diobono! – sbottai. – Cosa vuoi... cosa vuoi che sia successo? Sono stato di nuovo male, allora? Che ci posso fare? Domani mi vedo con lo psichiatra del Centro. Ne parlo con lui, che ne capisce piú di te e me messi insieme. Non posso star sempre qui a rispondere ai «Che t'è successo?» della gente. Soprattutto ai tuoi. Se sapessi cosa succede, credi che rimarrei in questo stato? Perciò piantiamola, eh, che di parlarne non ne ho voglia. E tu non sai nemmeno da che parte cominciare a chiedermi le cose.

– Io mi preoccupo per te!

– Anch'io mi preoccupo per me, se non l'avessi ancora capito! Ma che vuoi che faccia?

– Hai preso il Prazene?

– Ne ho bevuti due litri, di quella cosa, e niente! Fa effetto per un paio d'ore, poi stop. Adesso togliti la giacca, per favore, e datti una calmata.

– Sei tu che stai gridando!

Ma si tolse la giacca, finalmente, rifilandomi un'occhiata che avrebbe scongelato il pane in freezer. Poi entrò nel bagno, si svestí con incomprensibili imprecazioni. Aprí e chiuse armadietti con la stessa foga. Si sciacquò, venne fuori con i seni nudi e le mutandine – nient'altro. Uno sguardo di sfida.

La afferrai per un braccio, la attirai a me. Lei parve volersi divincolare, poi mi lasciò fare, si addomesticò tra le mie braccia. La baciai, sentivo il suo profumo, il suo alito che sapeva di dentifricio, la sua pelle di talco. I denti contro i denti, spingendo con le labbra, battendole la lingua sulla bocca fino a quando anche lei la aprí. Lingua contro lingua, torace contro seni nudi, ginocchia contro cosce.

Ma era il mio cazzo, il problema.

Non mi veniva duro: se ne stava addormentato ronfante a svirgolettarmi sui coglioni flaccidi, nemmeno un moto di orgoglio, un'impennata di autostima. Morto, sepolto sotto le mutande. Inattivo, forse anche un po' scocciato.

Però l'avevo cominciata io, quella cosa, e dovevo portarla a termine. Continuai a baciarla per un po', con la lingua percorsi l'arco della sua gola, scivolai tra i seni. Lei emise un mugolio. Era un mugolio? Davvero? E chi se li ricordava piú! Bene. Le piaceva. Forza, forza Christian: falle vedere le stelle. M'attaccai al suo capezzolo, lo mordicchiai, con la mano le afferrai una natica. Con l'altra mi aprii il varco tra le cosce serrate fino alla strettoia della sua figa: che era umida, quasi bagnata. Le abbassai le mutandine con uno schiocco, le caddero ai piedi. Mollai il capezzolo e andai a sbattere col mio naso contro il suo. Aveva gli occhi chiusi, era languida, era pronta, era di nuovo femmina.

Ma il mio cazzo, lui, quel figlio di puttana, non ne voleva sapere.

Sentii la mano di Lucia scendermi lungo la pancia, piano, scivolarmi all'altezza del... mi arcuai all'indietro, non volevo che se ne accorgesse, non volevo che si rendesse conto della totale assenza di arrapamento. Feci un verso come di piacere, le bloccai la mano, la girai contro il muro. Premetti il mio sesso addormentato contro il suo culo, ma subito misi una mano in mezzo: per creare un diversivo. Magari avrebbe scambiato un paio di dita unite per un'erezione soddisfacente. Gliele sfregai tra le natiche, là dove il cazzo avrebbe dovuto puntare se avesse scelto di fare un altro mestiere oltre quello di pisciare.

Dài, pensai, dài. Diventa duro. Fatti enorme. Poi infilati dentro di lei e pompa, cazzo, pompa fino a farla venire, fino a venire con lei. Dài. Reagisci. Ti prego, cazzo, ti prego. Salta su, è il tuo momento. Quanti mesi sono che non eietti sperma? Lo so che ti ricordi ancora come si fa. Lo so. Hai guardato la tizia del CSM, le volevi correre in figa dal primo istante. E Anna: quasi c'era una calamita nella sua passera che ti chiamava, bastava solo che ti spingessi nella sua direzione e...

Che cazzo ti succede, cazzo?

Niente. Non gli succedeva niente, se ne stava come assopito, nemmeno barzotto, disinteressato. Un po' laterale, quasi a scansare la situazione. Leccai Lucia tra le scapole. – Chri, – disse in un sussurro. – Chri –. Ci sono, piccola, tesoro, amore, io ci sono: è lui che non c'è, è lui che non ne vuole sapere, è lui che è in viaggio da qualche altra parte che non sia un po' piú su delle mie palle. Tu mi piaci, amore, tesoro, io giuro che tu mi piaci: io ti desidero, desidero il tuo corpo, desidero entrare dentro di te e restarci piú a lungo possibile. Credimi.

Cercò di voltarsi, glielo impedii sollevandole i capelli, leccandole il collo, il lobo dell'orecchio: un altro distinguibile esigente mugolio le uscí dal naso. La sentivo vibrare sotto le mie dita, era una corda tesa di voglie, si allungava contro la parete. Mi arpionò un fianco con la mano, si svitò dalla mia presa, me la ritrovai di fronte, occhi negli occhi.

Mi passò la lingua sul mento, sul collo. Coi pollici carezzò il mio stomaco, la pancia; poi distese le altre dita e sentii i mignoli solleticarmi l'ombelico. Fece per mettersi in ginocchio.

Ma che triste incontro le sarebbe toccato sopportare.

La afferrai sotto le ascelle, la guardai.

– Lú, aspetta...

– Che c'è? – sospirò.

Avevo solo una via di fuga: – Sento che mi sta per venire una crisi!

E la staccai da me, indietreggiai barcollante, mi addossai all'altra parete, spinsi la spalla destra avanti e indietro, avanti e indietro, come mi capitava durante le crisi vere.

Lei s'irrigidí. – Christian! – gridò.

Per i dieci minuti seguenti finsi un attacco di panico.

Solo per colpa del mio cazzo impigrito.

Lo finsi cosí bene che risvegliai la tigre della paura.

E non si scherza con le tigri, mai.

Perché la paura surclassò la recita, e la crisi mi venne davvero!

La notte la trascorremmo entrambi in dormiveglia. Ogni venti minuti, piú o meno, lei si voltava verso di me su un fianco, al buio mi domandava: – Sei sveglio? Come stai?

A volte quasi dormivo, e con le sue domande quasi mi svegliava. Dicevo subito: – Sto bene.

Venti gocce di Prazene ingollate a metà della crisi indotta mi tenevano apparentemente calmo; sotto lo strato di quella serenità farmacologica, in realtà urlavo. Mi strillavo parole cagne nella testa. Che hai fatto? Sei un imbecille, un ipocrita, tutto quello che sai fare è mentire, drogarti, e pregare un Cristo cui nemmeno credi. Sei patetico, non sei un uomo, sei un piagnisteo organizzato su gambe. Ce l'avevo con la mia virilità traditrice, con il panico estenuante, con la mia vita in genere.

Pensavo al prato della mia infanzia, alle campanule gonfiate dal vento, alle api ondivaghe che succhiavano nettare dalle malve. Scivolavo in una concentrazione obbligata che pretendeva di essere sonno, e poi sogno, per arrendersi infine alla veglia, lo sguardo perso nel buio duro carico, minaccioso.

La radiosveglia tagliò il guscio scomodo del non-essere, ci fingemmo pronti al mattino e alle sue incombenze.

Facemmo insieme colazione al bar, senza parlare quasi. Lei si era dimenticata di truccarsi, o non aveva voluto, aveva i lineamenti tirati. Le dissi di non preoccuparsi, che stavo per andare dallo strizzacervelli, che lui avrebbe saputo aiutarmi certamente meglio di tutta quella congrega di camici bianchi incompetenti che c'erano toccati fin lí. La guardai allontanarsi – era una cosa che facevo spesso. Dopo aver salutato qualcuno fingevo di andare nella mia direzione ma poi mi fermavo, mi voltavo, restavo a guardare la persona con la quale ero stato fino al saluto, guardavo come camminava, se svelta o piano, come attraversava la strada se la attraversava, come si fermava a un semaforo. In quei momenti credevo di essere ancora nei suoi pensieri, e dalla postura, dal modo di muoversi, cercavo di capire se fossero pensieri buoni. O no.

Lucia entrò in macchina, mise la freccia, fece manovra e si buttò nel traffico di corso Giulio Cesare. Qualcuno le suonò dietro una clacsonata. No, non erano pensieri buoni. Senza sesso e senza sonno, cosí l'avevo ridotta quella mattina, prima di mandarla al lavoro col magone di sapermi mezzo pazzo.

Dopo aver superato il cartello dei Minchioni, mi bloccai davanti alla finestra del SerT, ci diedi un'occhiata. Nessuno. Non era ancora cominciata la distribuzione dei pani e dei metadoni. Mi diedi un'aggiustata ai capelli, al colletto della giacca. Se la tizia di ieri, la Stefy Millecurve, pensai, non mi farà alcun effetto dopo avermi aperto la porta, vorrà dire che sono davvero diventato impotente. Che il Prazene è un assassino di erezioni. Che lo psichiatra dovrà sostituirmelo con qualcosa che mi rilassi il resto del corpo ma me lo tenga duro in qualsiasi situazione, con qualsiasi clima.

Bussai dove c'era scritto di bussare e attendere.

Stefy sarebbe apparsa con la sua aria furba e sexy, il suo corpo atletico. Sentii un formicolio ai testicoli: sí, stava succedendo qualcosa in quel corpo cavernoso. Una lama di luce, un lampo di eccitazione. Sí.

Distinsi un'ombra dietro il vetro smerigliato.

La porta si aprí.

Preparai un sorriso – eccoci, pensai, io funziono!

Niente da fare, al posto di quello splendore aprí la porta una donnina sui cinquanta, spigolosa, lo sguardo acuminato. – Sí? – berciò. Fumatrice incallita, probabilmente. E detestabile come una camicia comprata ai saldi con gli avanzi della tredicesima e che scopri di non poter sostituire perché la tua taglia è esaurita.

Mi sentii piegare sulle ginocchia da tutto il peso della notte trascorsa in bianco. – Ho un appuntamento. Mi chiamo Christian Frascella –. Non vedevo piú la necessità di mentire.

Quella fece una specie di smorfia – come se il mio nome fosse foriero di guai – e mi disse di aspettare. Fece dietrofront, ma evitai di perdere tempo a guardarle il culo. Però lo immaginai smagliato e attraversato da linee bluastre irregolari.

Aprí senza bussare la prima porta sulla destra. – C'è un paziente. Ascella. O un nome cosí –. Vecchia stronza scansafatiche.

– Sí, lo faccia passare.

Culo tremolante mi fece un gesto, e se ne andò chissà dove – magari alla Metadone's House – strascicando i piedi.

Percorsi i pochi metri che mi separavano dall'uscio. Dietro alla scrivania ci trovai il dottore che avevo intravisto la volta precedente. Stesso maglione e, mi parve, stessa camicia a quadretti.

Senza alzarsi, mi porse una mano. Andai a stringergliela appena. Poi rimasi lí a fissarlo, a fissare i suoi ricci, i suoi quarantacinque anni discretamente distribuiti su un volto scuro, dal mento volitivo, meridionale fino al midollo.

– Caserta, – disse.

– Lo immaginavo, – dissi. Ci avevo preso: meridionale! Peggio: campano. – Torino, – replicai. – Ma i miei sono tarantini.

Mi guardò basito. Poi un mezzo sorriso gli increspò le labbra. – No, Caserta è il mio cognome.

– Ah, – feci. Che figura da citrullo. – Come non detto. Io sono Frascella, non Ascella.

Consultò un registro che aveva lí sul ripiano della scrivania. – Sí. Un suo amico è passato a prenotare... – ma, dal suo sguardo, capii che aveva capito, che si era ricordato di me.

– Già.

Non tolsi la giacca, perché in quel cavolo di prefabbricato faceva freddo. Dagli infissi della finestra alle spalle di Caserta, arrivava un venticello bastardo che pareva segarmi carne e ossa. Mi domandai come facesse, lui, a starsene là dentro senza tenuta da eschimese.

Poi pensai: che palle, Chri, buttarla sempre sull'ironia, sulla battuta volgare, sulle cazzate che devono farti ridere per impedirti di guardare dentro di te e fare i conti con l'orrore. Perché era con l'orrore che dovevo fare i conti, non col freddo in un prefabbricato. Era per via dell'orrore che stavo in un Centro di Salute Mentale seduto di fronte a uno psichiatra.

Caserta congiunse le mani, osservandomi attento. – Vuole che cominci io con qualche domanda, oppure preferisce...

– Dottore, – lo interruppi. – Guardi che ho proprio bisogno di aiuto –. Mi vennero le lacrime agli occhi, mentre dicevo cosí, e la visione di Caserta si fece traballante.

Annuí. Aspettava il resto.

– Sono stanco, mi scusi –. Mi passai le dita sugli occhi,

le lacrime si raccolsero sui polpastrelli, le guardai solo un attimo. – Non dormo bene. Anzi, non vivo bene –. E attaccai a raccontare dall'inizio, dalla prima crisi, per terminare con quello che avevo combinato a me stesso e a Lucia la sera prima – problema erettivo compreso. Cosí, senza pudore. Io volevo tornare a sentirmi sereno, e se per farlo mi toccava raccontare gli affari miei a un estraneo, persino gli affari piú intimi, non c'era problema. Che fosse maschio, naturalmente, aiutava. Almeno un po'.

Congiunse ancora di piú le mani, le nocche si fecero bianche. Disse: – Stia tranquillo. Vuole dell'acqua? – Era persuasivo.

Scossi la testa.

– Be', comincerei col dirle che non è grave quanto crede. Bisogna solo riuscire a addomesticare la paura –. Quell'accento meridionale mi arrivava dolce alle orecchie. Era una voce abituata a parlare con estrema precisione. – L'En e il Prazene... possono risultare molto blandi se le crisi si presentano in maniera cosí frequente e aggressiva. Dovremo pensare a una cura farmacologica piú protettiva. E con degli orari da rispettare.

Sí, io quello volevo: un regime da seguire, e l'esperienza di un uomo chiaramente preparato come Caserta. – Perfetto. Ma quanto durerà?

– Direi solo qualche settimana, non di piú –. Prese una Bic e cominciò a compilare una ricetta. Poi un'altra. E un'altra ancora. Scriveva, firmava, strappava – e posava di lato. Tentai di leggere. Lui mise via la penna e ricongiunse le mani. – La libido in diminuzione non ritengo sia un problema generale. Temo si tratti di qualcosa di piú specifico, inerente – e lo dico con le dovute riserve perché è la prima volta che la incontro –, inerente al suo rapporto sentimentale. Forse c'è qualcosa che non va, e il problema è a monte. Noi siamo già a valle, Frascella. Quello che deve fare è risalire –. Slegò le mani e con indice e pollice risalí l'aria. Quel movimento quasi m'ipnotizzò. – Risalire, – fece. – Cercare di capire cosa non funziona piú nella sua vita. Che sia la sua relazione o il suo lavoro o altri motivi, c'è molto da riflettere. Da tornare indietro. Magari molto indietro nel tempo –. Compilò un foglio bianco. – Qui le illustro la posologia dei farmaci. Serve un antidepressivo. Zoloft. E il Rivotril gocce, tre volte al giorno: colazione, pranzo, cena. Tenderanno a provocarle sonnolenza. Non guidi se non è strettamente necessario. Faccia un po' di sport. Prima di dormire, Zyprexa. È un antipsicotico. Giusto per chiudere tutte le persiane, come dico sempre.

Mi passò i fogli con un sorriso. Denti piccoli, regolari. – Ci rivediamo la settimana prossima.

Mi alzai come in stato di trance.

Lui congiunse le mani, i gomiti larghi sulla scrivania. Sembrava un prete, sembrava un dio. Il Dio della Quiete. Quindici minuti netti di seduta. Non mi aveva chiesto nulla. Pareva sapere già tutto. Ora toccava a me scoprire quello che lui aveva già intuito, dargli forma. «Risalire indietro nel tempo».

Mi sentivo benissimo. Mi sentivo protetto. Come se avessi ciucciato un litro di Valium. Mi venne quasi voglia di abbracciarlo, quel sottile conoscitore della mente: di spettinargli i riccioli. Finalmente qualcuno che sapeva cosa cazzo combinare coi miei nervi!

– Grazie, dottore.

Il Dio sorrise un'ultima volta.

Fu con assurda felicità che entrai nella prima farmacia. Fu con un sorriso che passai le ricette al farmacista basito. Fu con amore, quasi, che attesi l'uomo tornare con i miei medicinali. Fu con un senso imperioso di liberazione che pagai. Fu con brama che afferrai il sacchetto sotto lo sguardo annichilito del tizio in camice. Fu con passo elastico che me ne andai augurandogli una buonissima giornata.

Stavo cosí bene e tutto era meraviglioso. Non importava che fosse inverno! Non importava che avessi trascorso una notte insonne! Non importava che nel mondo ci fossero guerre, fame, epidemie, morte ovunque!

Io ero vivo e libero di essere vivo fino alla fine del tempo. Mi sentii quasi spuntare le ali sulla schiena. Avrei potuto librarmi, svolazzare, tanto ero felice e fortunato: avevo uno psichiatra! Uno competente! Uno che s'interessava a me!

Caserta.

Che nome!

Che voce, che accento!

Che personalità!

Ero un paziente del dottor Caserta, il Salvatore!

Incontrai Iside nell'androne. – Signora, – quasi urlai. – Come sta, oggi?

– Come vuoi che sto! – Poi mi squadrò meglio. Scambiò la mia serenità per qualcosa di insano, arretrò di un passo lasciandomi sfilare via, la faccia arrugginita di dubbi e sospetti.

– Stia bene, – dissi, quando mi resi conto che non aveva alcuna intenzione di salire con me sull'ascensore. – E buona giornata anche a lei, Iside! – Non me ne fregava nulla di come le ero sembrato. Era in me – in me – tutta quella grandiosa e spontanea serenità. Non potevo farci nulla se lei non la capiva.

Rieccomi in casa. Andai a piazzarmi sul divano, coccolando il sacchetto coi farmaci.

Poi m'inquietai un attimo. Forse era già ora di prendere quell'antidepressivo... lo Zoff? No, l'orologio non faceva neanche le undici. Magari quell'altro, le gocce di cui gli esperti parlavano sui siti? Rivo... Rivo... controllai: Rivotril! Sí! Anche il mio psichiatra era uno che se ne intendeva, uno che prescriveva solo farmaci alla moda! Sapeva tutto! L'immenso potere del Rivotril. Sfilai la boccetta, la scossi. Mollai un'occhiata al bugiardino, feci per stenderlo sul bracciolo. Ma no. Le altre volte quelle letture mi avevano portato solo sfiga. Le crisi erano aumentate.

Caserta sa. Lui sa. Mi affido a lui, pensai. Non ho bisogno di verificare. Caserta se ne intende. Senz'altro è un luminare nel suo settore. Probabilmente dedica solo qualche ora al servizio pubblico, ma in centro a Torino ha uno studio su due piani, clienti vip, una moglie bionda ex attrice, una Mercedes in garage. È soltanto per amore del prossimo, mi dissi, che passa qualche mattinata in quel prefabbricato del cavolo. Perché è altruista. Perché sa che i soldi non sono tutto.

Diedi una scorsa al foglio vergato dalla sua sacra calligrafia. Che bei ghirigori di classe! E sapeva usare pure la punteggiatura come Cristo comanda!

Zoloft 100 mg: per 2 volte al dí (mattina e sera).

Rivotril gocce: 3 volte al dí: 5+5+5 (colazione, pranzo, cena).

Zyprexa da 5 mg: uno prima di dormire.

Rimisi il Rivotril nella scatola. Poi presi quella bianca e blu dello Zoloft. Quella molto fashion dello Zyprexa. Mi venne voglia di giocarci. Me le passai da una mano all'altra, come fossi un giocoliere ai semafori con le palline.

Poi il Rivotril mi cadde a terra con un tonfo. Mollai le altre scatole, lo raccolsi, aprii. Integra: la boccetta era integra. Tirai il fiato.

Pranzai, e fu come un atto eucaristico quando alla fine lasciai gocciare per cinque volte il Rivotril nel bicchiere d'acqua. Lo odorai: un profumo tranquillizzante, né pieno né vuoto, né aspro né pulito. Niente male. Buttai giú. Gusto rotondo. Qua e là essenze mentolate.

Aspettai una decina di minuti, aspettai l'effetto.

Venne.

Cinque gocce, e mi fece suo. In maniera quasi arrapante. Non mi scuoteva il corpo nudo di Lucia: ma il Rivotril m'inebriava i sensi. Me li stordiva. Caserta ci aveva visto giusto. Era rilassante, sentii scorrermi la pace nelle membra affaticate del non-coito, del non-sonno, del post-orrore. I testicoli mi s'indurirono nei jeans, provai a toccarli: coglioni come cemento. L'uccello era pronto a voli pindarici, stavolta. Avessi avuto Lucia per le mani, l'avrei appesa al cazzo puntandola contro la parete e lasciandola lí, come un quadro.

Andai sul balcone, le gambe rispondevano con efficienza, rimasi al freddo con un misto di felicità e pace da sbornia, senza esagerazioni. C'era vento, e guardai dabbasso: altre formiche che si muovevano disordinate ma – supposi – coerenti con i loro piani. Formiche ai semafori, formiche in auto, formiche dal parrucchiere, formiche sui balconi, formiche che fumavano, parlavano, complottavano, correvano al traguardo dei loro affari, arrivavano prime o ultime, arrivavano comunque. Avevano dovuto tradire, mentire, soffrire, buttarsi dietro le spalle una speranza, una proiezione: arrivavano da ovunque verso ovunque.

Oh, sí. Stavo benissimo. Alla grande.

Rientrai, mi buttai sul divano, feci per accendermi una sigaretta ma mi addormentai prima che riuscissi a trovare l'accendino.

E fu abbioccato e probabilmente ronfante sul divano che mi ritrovò quasi sei ore dopo Lucia. Le chiavi ancora in mano, che luccicarono alla luce del lampadario del salotto.

– Ehi, – fece. Si era tolta la giacca. Stese la gonna sul sedere, si piazzò accanto a me, a me che ancora cercavo di inquadrarla per bene, di capire dove fossimo.

– Ciao –. La voce impastata, raccolsi con la lingua un grumo di saliva al lato della bocca. – Che ora è? – Provai a tirarmi su.

– Sei e mezza. Come stai? – Mi appoggiò una mano sul torace.

Mi ricordai che avevo avuto un'erezione dopo il farmaco: me ne ricordai perché in quel momento l'erezione non c'era piú.

Lasciò la mano lí. Mi squadrò per linee orizzontali. – Ti ho chiamato almeno dieci volte.

Mi puntellai sui gomiti, risalii col busto verso di lei. – Sono stato al Centro di Salute Mentale, dallo psichiatra.

– Sí –. Non mi ricordavo se gliel'avessi detto o meno.

– Un tipo in gamba –. Indicai le scatole dei medicinali. – Devo seguire una cura –. Gliela riassunsi brevemente, intanto pensavo che era lei uno dei miei problemi «a monte». E che ora stavamo a valle: dovevo risalire, risalire.

– Ma cosa le provoca? Te l'ha detto?

Tu, pensai di risponderle. Chissà che faccia avrebbe fatto. L'avrei guardata con un sogghigno cattivo. Tu.

– Ancora non si sa, – risposi invece, cavando fuori la voce come da una lontananza afflitta.

Mi accarezzò il viso. – Hai la pelle screpolata.

D'inverno mi succedeva sempre: squamavo. Se mi grattavo la fronte, veniva giú una nevicata di follicoli moribondi. A scuola, da ragazzo, cercavo di non indossare mai maglioni neri: oppure una polvere di pelle secca mi avrebbe adornato come forfora il colletto e le spalle. Le ragazze si sarebbero ritratte, schifate.

Lucia mi chiuse le mani nelle sue, che erano ancora fredde. – Per il lavoro come fai?

– Domani vado a mettermi in mutua –. Oddio: sarei dovuto andare da Torcia! Mi finsi dolorante, una smorfia. Dissi: – Puoi andarci tu, dal dottore?

Lei fece per dire qualcosa, tipo: farò tardi in ufficio. Ma la mia espressione la sconfisse. Subito. – Va bene.

Le baciai le mani, ammorbidii il mio sguardo già infiacchito dalle benzodiazepine e dagli ipnotici, la osservai da sotto in su, come un cane. Chiesi: – Mi prepareresti un dolce dei tuoi, amore?

Al mattino non vidi il mattino. Ma solo le cinque gocce di Rivotril, poi di nuovo il materasso, il doppio cuscino, il viso di Lucia che si chinava su di me a baciarmi, Lucia che mi diceva: – Vado da Torcia. Ricordati di prendere l'antidepressivo –. Da qualche parte dentro quei minuti deve esserci stato anche il rumore della porta che lei si richiuse alle spalle, forse lo strombazzare fesso del traffico in corso Giulio.

Mi tirai su verso le undici, undici e mezza. Sul cellulare trovai un sms: «Torcia ti ha concesso una settimana di mutua!»

Presi il telefono di casa e composi il numero della fabbrica. – Sono Frascella. Può dire al mio capo, Piero Chiodi, che sono in mutua fino a lunedí prossimo compreso? – dissi all'impiegata che mi rispose.

– Che cosa ha? – chiese quella, chiunque fosse. Di sicuro una che non si degnava, come tutti gli altri impiegati, di scendere in mensa a mangiare con noi, ma se ne andava al bar; una crumira, come tutti gli impiegati di quella fabbrica, che non partecipava agli scioperi e magari ci guardava manifestare dalla finestra coi suoi colleghi, ridendosela di noi coglioni tute blu che chiedevamo l'aumento. Tanto poi l'aumento, visto che rientravamo nello stesso contratto nazionale, se lo beccavano anche loro. Speravo che il destino appioppasse loro scalogna, malnutrizione, funghi ai genitali e morte.

– In che senso che cosa ho? Per legge lei non può chiedermelo e io non sono tenuto a dirglielo. L'unica cosa che deve fare, cortesemente, è avvertire il mio capo.

– Non si scaldi... domandavo solo per una forma di cortesia –. Brutta voce nasale infastidita.

– Non mi scaldo, ma rispetti la procedura: e la procedura la conosce. Io avverto, lei avverte. Fine della procedura. Buone cose, – dissi, e buttai giú la cornetta. Andai a sedermi sul letto. Guardai il cuscino, che reclamava la mia testa: «Torna qui, bello, rimetti il tuo capoccione tra le mie morbide forme. E rilassiamoci».

Gli obbedii.

Seguirono una serie di giornate identiche, nelle quali non facevo altro che dormire, inghiottire farmaci, aspettare Lucia mezzo addormentato o sveglio, mangiare, parlare del piú e del meno con lei evitando l'argomento panico, riprendere a dormire.

Naturalmente lei era nervosa, anche se cercava di nasconderlo dietro azioni e parole standard, rassicuranti, quadrate. Io fingevo di cascarci, di accettare la sua serenità fasulla, di scaldarmici contro con riconoscenza.

Immaginavo fosse divorata dai dubbi, a casa come in ufficio, dalla paura della mia paura che diventava la paura di entrambi. Immaginavo piangesse, e che magari si confidasse con qualcuno, forse con Carmen o, peggio, in interurbane confuse Torino-Palermo, la madre giú in terronia che tentava di calmarla, di consigliarla, e magari il telefono cambiava di mano, interveniva il padre, l'uomo piú peloso e incomprensibile di tutta la razza umana, che senz'altro le intimava di stare tranquilla, minchia, ché non era morto nessuno, ma che in fondo sia lui che la moglie l'avevano avvertita sul mio conto – si capiva subito che non ci stavo tanto cu' a capa, bastava ricordare come nuotavo, con quella minchia di testa sempre dritta dritta manco fossi un cane, minchia, e le braccia tutt'ossa che al mare ci facevano il solletico, ché quasi parevo uno stronzo in balia della corrente; e poi non si era accorta anche lei che io non sapevo fare i nodi alle scarpe, ancora legavo i lacci a orecchie di cunigghio, e momenti c'avevo trent'anni, matonna, trent'anni?! Se fosse rimasta a casa sua si sarebbe trovata un fidanzato siciliano minchiadura come papà suo, e non uno scimunito del Nord senza arte né parte, magrolino, squattrinato, manco capace a sposarla prima di portargliela via, l'unica femmina di casa, perdigiorno palleflosce nordista e mo' pure malato di mente che non ero altro!

Oppure Lucia non parlava proprio con nessuno, neanche con se stessa, e rimaneva in silenzio a fissare il cellulare in attesa che qualche infermiere, qualche pompiere la chiamasse per avvertirla che, dispiace dirglielo cosí, signora, il suo fidanzato è morto – un infarto, un colpo apoplettico, un'emorragia anale, difterite, signora mi dispiace, diarrea, tifo, tubercolosi, ebola, HIV, costipazione fulminante, non c'è stato nulla da fare, signora, la esentavano dal riconoscimento della salma perché la salma era un tale... accetti un consiglio, signora, non lo seppellisca, ci dia il permesso di svuotare questa cosa nell'inceneritore, e chi s'è visto s'è visto, eh?

I giorni s'infilavano nelle notti, le notti depositavano albe limacciose sulla dentatura della dorsale alpina.

Torcia non faceva che allungarmi la mutua – e, nel frattempo, non si erano ancora presentati medici di controllo dell'Inps. Se fossero venuti, comunque, mi avrebbero trovato in pigiama e pantofole: avevo deciso di disertare il mondo per un bel po'.

Non avevo piú crisi ma solo prodromi di crisi, il battito accelerava, il fiato si spezzava, poi di colpo l'orrore si fermava sullo zerbino, non bussava nemmeno piú, mi lasciava in pace.

Un giovedí sera, dopo cena, dopo lo Zoloft e prima del Rivotril (avevo deciso in maniera del tutto arbitraria di lasciar trascorrere almeno un'ora piena tra un farmaco e l'altro), a circa un mese di distanza dalla prima crisi, mentre stavamo seduti sul divano a guardare la Tv, Lucia, senza che me l'aspettassi – forse perché io non mi aspettavo piú granché –, mi strinse una mano nella sua, e rimanemmo per un po' gomito a gomito, osservandoci con la coda dell'occhio. Poi lei abbassò il volume con il telecomando, si girò verso di me e io dovetti imitarla. – Quanti giorni sono che non esci di casa, Chri?

– Per carità, – ribattei. – Quale uscire! Devo curarmi, sai?

– Non credo che una passeggiata ti farebbe male.

– Ah, non credi! E che ne sai, Lú? Che ne sai cosa può succedermi? Metti che mi sorprenda una crisi in un posto pubblico, magari al mercato, e poi tutto il circondario, tutto il quartiere saprà che sono matto... o lo penserà. Perciò... – La sola idea di uscire in strada e salire sui mezzi o guidare nel traffico mi accoltellava al fianco. Non volevo piú chiudermi la porta di casa alle spalle.

– Scusa, ma il dottor Caserta non ti ha detto di praticare dello sport? – Insisteva, serrando le mascelle e però mantenendo un tono e uno sguardo che dovevano almeno tentare di camuffare la sua tensione.

– Ma se ti dico che qui mi sento meglio!

– Stai calmo, dài –. Mi strinse ancora di piú la mano, e solo allora mi accorsi di aver alzato la voce.

– Scusa.

– Chri, penso che un po' di sport sarebbe l'ideale. L'ho letto anche su internet che il moto fa bene, nel tuo caso.

– Ah, adesso internet è diventato vangelo! Quando invece andavo a cercare informazioni per conto mio, tu... E poi senti: qualunque malattia uno abbia, i dottori son sempre lí a ripetere che lo sport fa bene. E sai perché? Perché mica sono loro i malati! Mica devono uscirsene loro di casa con le paturnie di sentirsi male davanti alla gente. A loro che cosa vuoi che gliene freghi? «Lo sport fa bene». Anche le carote!

Niente, le mie sparate non la persuasero. Si appoggiò alla mia spalla, i suoi capelli a spennellarmi le orecchie. – Almeno stai scrivendo?

Feci un versaccio. – Con tutto quello a cui devo pensare, vuoi che mi sbatta su quel maledetto stupido romanzo che non so nemmeno...

– Non sai nemmeno?

– Niente. Non mi va. E poi 'sti farmaci mi afflosciano, non riesco a ragionare.

– È che stai qui chiuso tutto il giorno, in pigiama, a fumare. Il cervello ha bisogno di ossigeno.

– Gesú. Bisogno di ossigeno. Non recitarmi queste frasi fatte, Lú.

Si scollò da me. – Sappi che sabato sarai costretto a uscire.

– E perché?

– Perché ne ho bisogno io! – Questa volta la voce tradí la sua sofferenza, mi grattò dentro. Ma lo stesso misi su un'espressione tra l'afflitto e il costernato, tipo: «A me nessuno mi capisce».

– Ti prego, – insistette. – Lo so che è dura, ma bisogna tentare un minimo di vita sociale. Andiamo al cinema con Rosario e Carmen.

Crollai il capo sui cuscini del divano.

Chiese: – Come facciamo a sapere se i farmaci funzionano se stai sempre tappato tra queste mura?

– Sto bene, sto già bene, i farmaci sono ottimi.

– E da Caserta quando vai?

Avevo saltato l'appuntamento che mi aveva dato, e non avevo richiamato per fissarne un altro. Per quanto lo ritenessi capace, viveva e lavorava pur sempre fuori dalle mura di casa mia. – La prossima settimana. Non preoccuparti di questo. Sto bene. Punto.

– Però non esci... Uno che sta bene esce, sai? Va anche in giro, parla con le persone. E loro sono nostri amici.

– Ma se non si stanno facendo sentire! Quant'è che non mi chiamano? – Tanto non avrei risposto.

– Gliel'ho detto io di non farlo. Tanto non avresti risposto.

Sbuffai. Lasciai passare un lungo minuto, mentre lei mi fissava, quasi implorante. Era comunque una situazione di potere, e il potere mi è sempre piaciuto.

Concessi: – Se però mi accorgo che non me la sento...

– Torniamo a casa, sí –. Mi baciò. E poi mi strinse a sé. – Grazie.

Rialzai il volume della tele.

Come stava, lei? Riuscivo a capirlo? Me lo chiedevo e molto spesso la scrutavo quando era presa da altre cose. Parlava assai meno di prima. La sera, al rientro dal lavoro, mi domandava come stessi e cominciava ad annuire prima ancora che io dicessi «bene».

Si muoveva meccanicamente. Le sue risate, quando guardavamo in Tv qualche programma divertente, parevano forzate – come se s'impegnasse a dare di sé un'immagine serena. Come se il mio panico dipendesse dal suo umore. Avevamo smesso di toccarci. Tra il mio lato del letto e il suo, muratori costanti e invisibili avevano costruito una barriera di fatalismo: la percepivamo in mezzo al materasso a due piazze dell'Ikea – presenza accettata da entrambi senza protestare. Forse perché liberatoria.

Alcune notti accendevo la luce, il cuore mi martellava, nel petto avevo come una bottiglia rotta: lei si svegliava e, dopo un attimo di smarrimento, ritornava consapevole e mi trattava con fare deciso e tranquillizzante, accarezzandomi i capelli e parlando piano. Mi addormentavo. Però, al mattino, mi tornava in mente la sua espressione nell'attimo in cui si era destata: non solo smarrimento, pensavo, ma anche spossatezza, con tracce di risentimento.

Mi feci una doccia, mi rasai, infilai i primi abiti che trovai, presi le chiavi. Lo feci per dimostrare a me stesso che non ce l'avrei fatta. E poi raccontarlo a tutti – che non ce la facevo, non ce la facevo proprio, lasciatemi in pace, lasciatemi regredire allo stato embrionale: casa era l'utero dal quale non potevo uscire, era troppo presto, ma dovevo almeno tentare per potermi lagnare in seguito. Ficcai i farmaci nelle tasche del cappotto. Tirai un lungo respiro, girai la chiave nella toppa: una scudisciata di gelo mi piegò le gambe, assieme a un calcio di terrore agli stinchi. Fa troppo freddo, pensai, meglio restare qui e provarci un'altra volta. Qui ci sono i libri – ma non leggo. Qui c'è il mio romanzo – ma non scrivo. Qui c'è la televisione – ma fingo di guardarla.

Scesi un gradino alla volta, appoggiandomi al mancorrente, sentendomi un sacco di patate, e dentro di me le patate pesavano come piombo, e quel piombo era la paura.

Ed eccomi in strada, la strada percorsa dalle auto e dalle persone. Strinsi i pugni, poi cercai nelle tasche le pillole, la boccetta, le sfregai alle chiavi di casa. Un altro sospiro.

Feci per attraversare e avvertii uno strillo di pneumatici, uno smottamento d'aria: il sangue mi affluí alla testa mentre scoprivo di esser scampato a un investimento: una Bmw aveva inchiodato a mezzo metro da me.

La faccia di un uomo barbuto, gli occhi spiritati, comparve dal finestrino del guidatore: – Che cazzo fai!?

– Mi scusi, – dissi, senza che potesse afferrare le mie

parole. Mi buttai veloce sull'altro marciapiede, l'uomo mi strombazzò sulla schiena il clacson, mi appoggiai a un palo, guardai la Bmw ripartire, la faccia del guidatore inviperita, e inviperite le facce dei guidatori delle auto seguenti. Respira, Chri. Guarda quello che fai, fai quello che devi fare con calma – qualunque cosa sia.

Raggiunsi la fermata del 46 in corso Vercelli, senza nemmeno pensare di prendere la mia macchina. Neanche ricordavo dove l'avevo parcheggiata.

Sull'autobus, una volta sistematomi su un sedile in fondo, provai a guardarmi attorno: solo massaie con le sporte che arrivavano da Porta Palazzo; solo studenti universitari che rientravano dopo le lezioni; solo un autista che guidava nel mattino caliginoso.

Scesi in piazza Rebaudengo. Stavo per raggiungere il palazzo dove viveva mia madre, quando vidi il portone della chiesa aprirsi. Ne uscirono due donne, una la copia dell'altra ma piú giovane di una ventina d'anni. In braccio, una bambina che aveva i lineamenti della giovane e dell'altra. Quella bambina, una volta adulta, avrebbe messo al mondo un'altra bambina con la sua faccia, la faccia della madre, la faccia della nonna. Ripetizione. L'eterno ritorno. Capacitarsi del significato della vita era quello: comprendere che non c'era altro che un continuo ricambio di facce e voci e modi di camminare.

Ansimai, mi si annebbiò la vista, cominciai a tremare lí a mezzo metro dall'ingresso.

C'era un Cristo inchiodato al portone. La testa già inclinata, il costato squarciato e sanguinante, era un Cristo morto. La sua passione era finita. Chiamala passione! Ma di lí a tre giorni sarebbe risorto, e tornato su, alla destra del Padre. A dirgli cosa? Che eravamo pessimi. «Hai creato gente pessima, laggiú».

Tremavo, mi mancò il fiato per dieci secondi buoni. Eccola: un'altra maledetta crisi...

Singhiozzai.

Signore, pensai sui gradini della chiesa, non ci frequentiamo piú molto ma ci conosciamo da tanto. Hai abbandonato tuo figlio, perciò dubito che spenderesti due minuti del tuo tempo per decidere che farne di uno come me. Dimmi solo che t'ho fatto, Signore. Dimmi cos'è tutta questa paura che mi circola nel sangue da settimane. Dimmi perché me l'hai tirata addosso. Dimmi che furto, menzogna, omicidio ho commesso per meritarmi tutto questo. Perché da solo non riesco a comprendere.

Le mie lacrime. La mia insonnia. La mia disperazione. La mia colpa – che non so qual è! Pialla il legno del mio male. Tu che tutto puoi.

Qualcuno, da dietro, mi chiese: – Tutto bene?

Sei il Prima delle Cose. Sei il Senso. La gente si rivolge a Te. Lo sto facendo anch'io, lo sto facendo adesso. Che vuoi dalla mia vita?

Diedi un pugno al portone. Un altro. Colpii il Cristo sulla croce, mi feci male alle nocche. Si aprí un taglio, e dal taglio il sangue gocciolò sul muro dove appoggiai la mano.

– Fermo! – gridò la voce di prima. – Che succede? – Un brulicare di parole sconnesse. Due donne, l'uomo alle mie spalle, una ragazza. – Chiamate i carabinieri, questo è impazzito!

M'ero sbagliato. Lo sapevo, e m'ero sbagliato. Caserta, pure lui, quel fesso, pure lui si era sbagliato.

Misero dio della malora, ringhiai nella testa. Che m'hai fatto? Che razza di vendetta è questa? Dio menefreghista, dio cieco, dio superbo, dio stolto – dimmi: perché non mi uccidi?

Invece di questa pantomima inutile, di questi viaggi al pronto soccorso, di questi medicastri, di questi farmaci, di queste figure di merda in pubblico – perché non mi fulmini? Non ti basta vedermi in queste condizioni? E no, no che non ti basta! Altrimenti avresti già smesso.

– Chiamate qualcuno!

Padre fottuto che sei nei cieli, sia maledetto il tuo nome. Crolli il tuo regno. Sia fatta la tua malvagità, come in cielo cosí in questa cazzo di terra. Dacci oggi il nostro panico quotidiano...

L'uomo mi afferrò da dietro. Urlai. Ingoiai il mio muco e urlai piú forte.

Mi divincolai dalla presa, diedi una spallata al portone, entrai in chiesa.

Nel fetore dell'incenso.

Nel gorgogliare frastornante dell'acquasantiera.

Nelle luci spettrali delle candele votive.

Negli scioccanti colori dei dipinti dozzinali.

Corsi tra i banchi, caddi. Mi rialzai. Intravidi una porta. La raggiunsi. La sacrestia. Un prete mi venne incontro tra le ombre. Un'altra porta, che dava sull'esterno. La aprii: il cortile, un gruppo di seminaristi, un cancello spalancato. Scappai via.

Raggiunsi una fontanella. Ripulii la mano dal sangue. Trovai una bottiglia di plastica, la sciacquai e risciacquai fino a quando mi apparve sufficientemente pulita. Compivo questi gesti meccanicamente. Riempii la bottiglia per quel che poteva essere un bicchiere. Poi presi il Rivotril e ci versai dentro cinque gocce. Agitai la bottiglia, buttai giú. Andai a sedermi su un marciapiede. Dietro di me, oltre il muro, sentivo il bisbiglio dei seminaristi. Suonò una campana. Scalpiccio. Mi accesi una sigaretta, strinsi le gambe tra le braccia.

Al citofono dissi a mia madre che ero io, salii piano le scale, annodai un fazzoletto alle nocche sanguinanti, infilai la mano ferita in tasca. Quando arrivai su, il Rivotril mi aveva disteso i nervi. Lei era alla porta. – Come mai da queste parti?

Alzai le spalle. – Cosí.

Anche se vivevamo a cinque fermate di autobus, non andavo mai a trovarla. Una telefonata, ogni tanto, giusto per mantenere i rapporti. La casa – due camere e cucina, piú piccola della mia – puzzava di fumo e di chiuso. Tolsi la giacca riuscendo a evitare che guardasse la mano ferita. Entrai nel bagno. La ripulii, la disinfettai. Mi guardai nello specchio: le pupille erano un grande pozzo oscuro nella stanchezza degli occhi. Allungai la manica del maglione fino a coprire del tutto i tagli.

– Vuoi un caffè? – mi chiese, quando la raggiunsi in cucina. Caffè e Rivotril. Forse non era una grande idea mescolare un ipnotico a un eccitante. Feci di no con la testa.

Alle mie spalle, lo sapevo, depositata alla meno peggio sul copri-termosifone di legno, la foto incorniciata di mio padre – la cornice dorata piena di ditate e polvere. La sua faccia sorridente, seduto a un tavolo, una maglia con righe orizzontali verdi e bianche. Da quel momento fissato nel tempo, ancora una decina di anni da vivere. Poi un cancro al retto se lo sarebbe divorato in meno di otto mesi. «Appena guarisco, – diceva un mese prima di arrendersi, la barba lunga bianca, i capelli ancora piuttosto folti, stretto in una vestaglia pesante da camera, senza aver mai chiesto ai medici o a noi che cosa avesse, – appena guarisco, voglio fare un sacco di cose». E alla mia domanda «Quali?», aveva annuito, mentre camminava avanti e indietro nell'altra casa a Mappano che poi abbandonammo poco dopo la sua morte. E quell'annuire a se stesso piú che a me, come a dire: «So io, so io quel che farò», mi è rimasto in mente, perché ancora oggi non so se credesse al miracolo oppure stesse tentando solo di sfuggire al suo ovvio destino con una bugia.

Mia madre si mise a sciacquare chissà che nel lavello.
– Come sta Lucia?

– Bene.

Nient'altro che questo. A mia madre le mie fidanzate non erano mai piaciute. A dire il vero, nessuna delle fidanzate dei suoi cinque figli aveva ottenuto il suo pieno consenso. Né quelle di passaggio, né quelle di fermata. Solo di una, una mia ex bionda che aveva incrociato cinque o sei volte per strada, aveva detto: «Che bella! È simpatica! Seria. È una ragazza a modo». Sí, mamma, avrei voluto risponderle, una santa, e non sai che pompini con ingoio.

– Come stanno gli altri?

Si mise a fare un lungo elenco di nomi e disgrazie economiche.

Non ascoltai una sola parola, la mano mi bruciava. Cosí, quando mi parve aver terminato la sua tiritera, mi alzai e me ne andai di là in soggiorno. Sopra la Tv, appeso alla parete, il ritratto fattomi dal nonno prima di morire, senza firma: me ne sto lí, sorridente, nessuna malizia o autocompiacimento, come un cherubino ma impacciato, seduto su uno sgabello, i piedi uniti, le mani appoggiate alle gambe, piccolo, una T-shirt chiara, gli occhi tristi nonostante il sorriso abbozzato. Contento per quelle ore col nonno. Spaventato da tutto il resto.

Tra me e quel bambino piú di vent'anni – scivolati via come sudore. Mi guardai e mi sentii colpevole: tutta la vita appesa alla diagonale immaginaria tra i miei occhi di adesso e quelli nel quadro pareva quasi mi crollasse addosso.

– Quando lo butti questo quadro? – berciai alla fine, rifiatando.

– Eh sí, è proprio un bel quadro, – disse mia madre, la quale, come spesso succedeva, non aveva capito che una parola su cinque, e su quell'unica parola aveva ricostruito la mia frase. Il mondo dei sordi deve essere magnifico, pensai. Cosí ingenuamente soggettivo. Invecchiare male aveva i suoi vantaggi.

Le dissi che me ne andavo, glielo dissi ad alta voce.

A casa aprii il pc, mi connessi, cercai l'indirizzo di una decina di editori medi o medio-piccoli, controllai se valutavano inediti – cinque o sei lo facevano, ma che per carità l'aspirante pubblicato avesse pazienza, ci sarebbero voluti dai sei agli otto mesi prima di un riscontro, e avrebbero chiamato solo se ci fosse stato reale interesse... Sarei stato ancora vivo sei-otto mesi dopo? Forse no, riflettei. Però magari *Fuochi di Sant'Elmo* si sarebbe rivelato il grande romanzo d'esordio di un autore deceduto. Attaccai la stampante. In cartoleria avevo acquistato cinque risme di fogli A4 e cinque buste che potessero contenere i dattiloscritti.

Non allegai lettere di presentazione – il mio nome e un numero di telefono. Tutto il mio curriculum letterario stava lí.

Camminai nel parco in direzione dell'ufficio postale, reggendo le buste come fossero reliquie.

Mi fermai davanti alla porta.

E se nessuno di quegli editori mi avesse risposto? O peggio: se mi avessero risposto che era meglio lasciassi perdere, che non avevo talento, che leggermi era stata una delle esperienze piú accasciantí della loro storia editoriale?

Non avrei potuto sopportarlo. Avrei dismesso qualsiasi sogno, mi sarei adagiato nel dolore e nella malattia.

Meglio non rischiare, pensai.

Raggiunsi il primo cassonetto dell'immondizia e ci buttai dentro le buste.

Non dissi niente a Lucia a proposito della mia crisi «mistica». Non raccontai niente a nessuno. Era solo una questione tra me e l'Altissimo, e l'Altissimo si era rivelato Bassissimo. Per la mano potevo inventare una balla qualunque – cosa che feci, avevo sbattuto.

Il sabato lo trascorsi senza lasciar trasparire nemmeno uno spigolo della mia ansia. Lucia ogni tanto sondava il mio stato con sguardi falsamente distratti, con domande bugiardamente neutre: – Oggi tutto bene, no?

Come no, pensai. Avresti dovuto vedermi ieri mentre correvo come un indemoniato nella chiesa; oppure mentre raccattavo la prima bottiglia lercia per versarci dentro il clonazepam (nome tecnico del Rivotril, derivato benzodiazepinico) e buttarmelo in gola. Però annuii. – Sí, tutto okay.

Non le dissi nemmeno dei dattiloscritti gettati. Infatti mi appollaiai sulla sedia davanti al pc tutto il giorno, con l'aria intenta, come stessi partorendo chissà quale nuova inarrivabile scena del romanzo. Mi rifornii di psicotropi come da ricetta, e verso le cinque mi buttai sul divano. Ascoltai una sussurrata telefonica tra Lucia e sua madre. Percepii distintamente: «Sta meglio», il che mi fece sentire un discreto attore, visto che non mi sentivo meglio, e dentro di me ero come morto. Muovevo per la casa solo il mio involucro. L'anima e la speranza avevano preso il largo.

Restai appiccicato col naso su un libro un paio d'ore, sfogliando le pagine piú o meno nel tempo che ci avrei impiegato per leggerle davvero, ma spostavo solo gli occhi orizzontalmente. Ogni tanto il respiro mi s'inceppava, la traspirazione ascellare aumentava, la gamba o la spalla riproponevano qualche breve movimento danzante. Ma tenni sotto controllo la situazione: un po' per me e un po' per lei. Non volevo eccessive attenzioni. Non volevo sermoni. Non volevo cinismo o pietà.

Si fece l'ora di uscire. Lucia s'infilò un maglione a collo alto e un paio di pantaloni neri; sopra mise una lunga e sottile collana con pietre argentate che avevamo comprato a Barcellona l'estate precedente, un periodo che mi sembrava ormai parte di un'altra esistenza. Calzava stivali alti col tacco che la slanciavano. Il cappotto era aperto sulla collana.

Si avvicinò, cauta, chiudendomi il penultimo bottone della camicia a scacchi da boscaiolo che tenevo fuori dai jeans. Mi sorrise. Stava probabilmente per chiedermi con «naturalezza» come mi sentissi, perciò la anticipai: – Ho proprio voglia di uscire, – mentendo spudorato, e francobollando alla bugia una smorfia di piena soddisfazione.

– Anch'io.

La attirai a me e – visto che c'ero, siccome era in linea con la situazione posticcia – le scoccai un bacio sulle labbra, veloce ma intenso. L'aria riconoscente. Un leggero, prostrato annuire. Come se la stessi ringraziando di essere ciò che era – finta.

O ero io a volerla vedere cosí?

C'era la nebbia. Appena fuori avvertii un brivido devastante, mi voltai verso Lucia, fui sul punto di dirle che non ce la facevo, volevo tornare su – torniamo su, ti prego – ma non dissi altro che: – Brrr –. Lei mi prese il braccio, quasi mi scortò in direzione della macchina parcheggiata davanti a un negozio di biciclette in corso Giulio. Se si era accorta della mia paura non lo diede a intendere.

Montammo in auto. – Che film... che film andiamo a vedere? – Non mi ero premurato di chiederlo prima. Gli spazi aperti mi stordivano piú dell'ultima volta che ero uscito.

– *Billy Elliot*. Abbiamo scelto io e Carmen, – rispose lei. Mi puntò un dito, ma dietro al dito c'era un sorriso. – E non voglio storie. Tieni il cinefilo che è in te nelle scarpe, per piacere.

Non me ne importava un cavolo, le mie sole preoccupazioni erano non gridare e non spaccare qualcosa e non svenire. Visto che c'ero, avrei anche cercato di non morire. Però, mentre c'immettevamo nel traffico, sentivo che lei aspettava una battuta sdegnata sul film. – Ma qual è... quello del frocetto che vuole imparare la danza anziché andarsi a ubriacare coi virili maschi britannici? – Il trailer mi era passato sotto gli occhi un paio di volte. In altre situazioni mi sarei categoricamente opposto.

– Non cominciare! – E poi, piú seria: – Come stai? Hai visto che non ci sono problemi?

– Ho visto –. Cercavo di convogliare tutto il terrore all'altezza della schiena per premerlo contro il sedile e non portarlo allo scoperto. Per qualche minuto mi riuscí piuttosto bene. Poi, a un semaforo, incrociai lo sguardo di un uomo di colore. Era uno sguardo cupo, violento, onnivoro. Accanto a lui, una signora con una strana acconciatura a banana mi gettò addosso lo stesso tipo di occhiata. E anche la ragazzina con la borsetta a tracolla che attraversava le strisce pareva indirizzarmi tutto il suo odio.

Stavo per chiedere a Lucia se anche lei notasse le stesse cose, ma me lo impedii. Non volevo rovinare la finta svagatezza di una serata al cinema. L'auto ripartí proprio quando mi resi conto che tutti, in quel punto della città, non facevano che fissarmi e maledirmi. Tirai un sospiro profondo. E mi accorsi che Lucia stava parlando, chissà da quanto: – ... ed è solo una sensazione che a volte ti prende, nient'altro, qualcosa che puoi controllare. Poi ci sono io, devi pensare anche a me: non so come aiutarti, vorrei saper fare di piú, mi sento impotente –. Pareva che tutte le parole non pronunciate nelle ore di silenzio degli ultimi giorni le sgorgassero adesso tutte insieme come pioggia da un tombino. – Ho persino ordinato un libro sul panico per capirci qualcosa di piú. Pensi che il tuo psichiatra potrebbe riceverci insieme? Forse sarebbe utile che ci parlassi anch'io, che raccontassi le cose dal mio punto di vista, dal di fuori. Che ne dici? Secondo me un po' stai esagerando con questa ansia e...

Eravamo al semaforo di Porta Palazzo quando gridai: – Ma che cazzo stai dicendo? Che cazzo stai dicendo? Che cazzo stai dicendo? – Tutta l'adrenalina trattenuta mi scoppiò nel corpo, diedi un pugno al cruscotto, mi sfilai la cintura di sicurezza. – Esagerando? Esagerando? Ma tu che cazzo ne sai?

Lucia sbiancò, la bocca spalancata, lasciò andare il volante, fece per coprirsi il volto con le braccia. Io non avevo alcuna intenzione di colpirla, ma appena compresi che era quello che si aspettava da me, mioddio, sí, provai goffamente a rifilarle un cazzotto dall'alto verso il basso, senza imprimere forza – non ne avevo! – ma col braccio parò il colpo, allora tentai con l'altra mano, da sotto in su, dal mio sedile al suo viso, e questa volta superai la barriera, anche se riuscii a beccarle solo uno spigolo del mento.

Lei slacciò la cintura, mi colpí forte con due ceffoni, arretrò, aprí la portiera. Scese.

Anch'io scesi, girai attorno alla Clio, dissi: – Lucia, scusa, non volevo, scusa.

A quel punto tutti i clacson strillarono. Eravamo fermi in mezzo al traffico, due macchine piú indietro c'era anche il 4 che scampanellava e scampanellava. Lucia girò a sua volta attorno all'auto, mi guardò terrorizzata al di sopra del tettuccio.

– Scusa, – ripetei. – Vieni qui –. La voce mi si ruppe.

Un'auto si accostò, un uomo abbassò il finestrino e, rivolto a me, sibilò: – Cazzo fai?

– No! – gridai, e non sapevo se gli altri mi sentissero. Tossici e pusher e passeggiatori del dopo cena si avvicinarono. Quelle facce. Quelle bocche aperte. Io sentii una sciabolata tagliarmi in due la testa. La vista mi si annebbiò, le gambe cedettero, qualcuno mi afferrò prima che crollassi a terra.

E fu cosí che nel giro di quindici minuti mi ritrovai legato mani e piedi all'ennesima barella dell'ennesima ambulanza.

Accanto a me, sul mezzo in movimento che ormai stava diventando la mia seconda casa, la solita Lucia smarrita, spaventata, indecentemente triste. Nell'incavo del braccio, un ago appeso a un tubicino. Vicino all'asta della flebo, un infermiere di cui riuscivo a indovinare solo un naso lungo sopra due baffetti alla Zorro.

– Cazzo, – dissi. – Di nuovo?

– Chri... – Lei mi toccò un punto imprecisato tra la spalla e l'ago.

Quel suo tono sincopato di terrore e resa anziché gettarmi nello sconforto m'impennò i sensi, cominciai a ridere.

Lei s'incollò al sedile, gli occhi fuori dalle orbite. Poi guardò l'infermiere. Che non fece niente, alzò le spalle, disse: – Ci siamo quasi –. Il motore dell'ambulanza frullava nella notte.

– Lucia, – sussurrai smorzando la mia risata. Le feci segno di avvicinarsi. Indecisa, si chinò su di me.

– Che c'è?

– Lucia.

– Sí?

– Tu non esisti.

Si ritrasse da me, dalle mie parole – sgomenta.

Poi le dissi di non preoccuparsi, che non era un problema soltanto suo. Dissi che neanche l'infermiere esisteva, lo dissi a lei e a lui, Zorro, che non batté ciglio. Dissi che l'autoambulanza non esisteva, che non ci stavamo muovendo nello spazio e nel tempo, perché nemmeno lo spazio e il tempo esistevano. Non esisteva l'autista che venne ad aiutare l'infermiere a tirarmi giú, non esisteva l'ospedale Martini, dissi, perché semplicemente «non faceva parte delle cose reali». Le uniche cose vere, spiegai, erano anche quelle non vere, perciò non c'era il tempo, non c'erano «le cose», non c'era niente. Anzi, quello che c'era, chiarii meglio, era niente. Un completo, deludente nulla. Non esisteva il corridoio che mi portava al pronto soccorso. Non esisteva la tizia dell'accettazione. Glielo dissi proprio: – Signora dell'accettazione, lei non esiste mica –. Non mi parve sconvolta da questa rivelazione, probabilmente lo sapeva già, sapeva di vivere in una grande e abbastanza oscenamente strutturata finzione. Non esistevano le due infermierine che mi presero in custodia – erano elementi incamiciati e fluttuanti in una scoraggiante messinscena cosmica –, non esistevano le parole che Zorro disse a una delle due: – Sragiona, ride, il Valium ha fatto effetto solo all'inizio, ma non ho voluto caricare la dose, lo lasciamo a voi, – e nemmeno avevano consistenza le parole pronunciate da Lucia prima che le chiudessero la porta in faccia: – Chri, ti aspetto qui fuori, eh? Mi senti?

Quel cazzone del medico di servizio, lui forse sospettava di non esistere, ma non credo l'avrebbe ammesso con leggerezza. Perciò glielo suggerii io, mentre mi prendeva la pressione, svitava l'ago dalla vena, auscultava il mio cuore. – Tu non esisti, – gli dissi. – Fai finta di esistere, ma sai bene che non è cosí. Però... dài... sei uno che recita e sa di recitare, e quindi va bene, è andata bene finora, adesso stop. Lascia perdere, smetti di fare quello che fai, non mi serve nessun elettroencefalogramma del cazzo, anche perché l'elettroencefalogramma non esiste.

– Prende dei farmaci? – chiese lui, ignorandomi.

Rispose una delle infermierine – una delle due che non esistevano: – Sí. La fidanzata ha detto che prende questi –. E gli porse un foglio. Lui allontanò il foglio dagli occhi perché era presbite, o astigmatico, o stupido; andò a sedersi davanti a un pc, digitò sulla tastiera probabilmente a caso, poi disse: – Fammi chiamare lo psichiatra di turno.

Uno psichiatra, già lo sapevo, che non esisteva, e che si presentò in ambulatorio di lí a dieci minuti, che trascorsi a ridere e a ripetere a tutti di smetterla di fingere, basta mistificazioni, state fermi, state zitti, nessuno vi prende piú sul serio.

Questo nuovo psichiatra, questo nuovo luminare, questo ennesimo scandagliatore dell'anima inesistente altrui disse che «su» era tutto «pieno», che aveva già due maniacodepressivi, che era da solo, che non aveva il tempo materiale, e che per favore mi dirottassero al San Giovanni Bosco – tutto questo senza nemmeno guardarmi. D'altronde io non esistevo, e neppure lui, i cui fasulli tratti somatici non riuscii mai a intravedere. Del nome non intesi mai il suono.

È difficile spiegare cosa mi bollisse in testa, se una paura stroncante o un'illuminazione salvifica. Semplicemente non soffrivo, non come avevo sofferto durante le precedenti crisi. Non avevo bisogni fisiologici, anche se in seguito mi ritrovai con i calzoni madidi di piscio. Non avevo speranze: alzai, diciamo cosí, la barriera dell'indifferenza e dell'accettazione di un vivere-non-vivere, di un esserci-senza-essere. Era una forma di difesa? Può darsi.

Cosí il Martini mi sbolognò al San Giovanni Bosco dopo essersi informati sulla «disponibilità» del loro reparto psichiatrico. E oltre alla disponibilità c'era anche una certa flemma, nessuno voleva fare le cose di fretta, prendiamocela calma, se lo spostato qui ci muore inventeremo qualche faccenda «imprevedibile», magari un infarto – l'infarto suona sempre molto accidentale e definitivo, nessuno chiede: «Che tipo di infarto?», è una causa di morte bene accolta in società, persino pulita, dignitosa per chi muore e per chi resta in giro su questa bagnarola, che non esiste, indicata col nome di «mondo», qualunque cosa significhi, e amen.

Riattraversammo la città, questa volta senza soluzioni miracolose goccianti nel mio braccio, senza legacci a polsi e caviglie, come fossi già ospedalizzato altrove, e in quell'altrove dovessero decidere che farne di me. Lucia era lí, immagine senza contorni, una sfumata agonizzante visione dell'inesistenza. Non parlava, forse non aveva piú voce, forse non ne aveva mai avuta una. C'era, e c'era stata, in un modo polveroso: era bastata una raffica di vento e lei si era sgranata in piccoli frammenti di caligine e oblio.

La trafila fu la medesima, e presto mi ritrovai con un infermiere in ascensore. Avevo formicolii ai muscoli di gambe e braccia, brevi tremori lungo la spina dorsale – che immaginai lesa, frantumata, l'osso del collo spezzato in piú punti...

Le porte si aprirono e l'infermiere mi parcheggiò in un corridoio, disse che tornava subito, io non risposi, mi guardai attorno. Ero in Psichiatria, ero un paziente psichiatrico, qui mi avrebbero salvato o ucciso del tutto.

Sentii una voce, poi altre voci, qualcuno che strillava. Dalle camere, dai letti: ecco i miei simili, ecco i miei fratelli, la famiglia dei guastati chiudeva il cerchio col mio arrivo.

– Fallo camminare fino a qui. Non è morto. Può camminare, – disse una voce alle mie spalle.

L'infermiere tornò. – Dovresti alzarti –. E mi aiutò a mettermi seduto. La testa dondolò per qualche secondo, ma affrontai con coraggio quel mal di mare indotto dai farmaci. Misi un piede sul pavimento, poi portai giú anche l'altro. L'infermiere stava lí, le mani tese, senza toccarmi.

– Vieni, – parlò ancora la voce maschile di prima. Proveniva da uno studio, insieme alla luce che leccava il pavimento davanti alla porta aperta.

Barcollio. Ma camminai verso la luce. Tremito. Ma camminai verso la luce. Nausea. Ma camminai verso la luce.

Il rettangolo dell'uscio si fece sempre piú ampio, sempre piú vicino: era un passaggio obbligato per le anime folli? Ci sarebbe stato ritorno? O dentro quel rettangolo avrei trovato uno scivolo che mi avrebbe cagato all'inferno?

Ci arrivai, e non c'erano scivoli o buchi nella fossa del mondo. Non c'era magma ribollente ai miei piedi, ma solo la continuazione dello stesso pavimento. Una scrivania. Seduto sulla scrivania, un uomo. Capelli lunghi, viso affilato, quarant'anni circa. Quanto il viso era scarno, tanto il corpo era fuori peso, fuori forma, però morbido, come se la grassezza fosse stata una scelta premeditata e non la conseguenza di una vita sedentaria.

Mi appoggiai allo stipite, attesi. Alle mie spalle udii l'infermiere che sgusciava lontano con la lettiga.

Gli occhi dell'uomo seduto sulla scrivania mi raggiunsero, o fui io a metterli a fuoco per la prima volta. Erano azzurri. E sardonici. – Che ti è successo? – chiese. Non mi dava del lei, ma non era esattamente confidenziale. Manteneva un che di superiore, imperscrutabile. Da quella distanza accorciata dai miei passi, il dottore, quando gli fui davanti, mi apparve un'entità insormontabile.

– Lei è lo psichiatra? – La mia voce sembrava la voce di un disgraziato che me l'avesse prestata per stare piú a mio agio nel mio ruolo.

Lui batté i tacchi delle scarpe – scarpe enormi – contro la scrivania. Non indossava camice né zoccoli. Una polo e un paio di calzoni un tantino stazzonati erano la sua tenuta da lavoro. – Sí, sono lo... – fece una pausa, sbadigliò sonoramente. – ... psichiatra. Come mai da queste parti? Nulla di meglio da fare che infilarsi in un reparto per mentecatti alle... – guardò l'orologio al polso. – ... ventitre e ventitre di un sabato sera?

Non seppi cosa rispondere. Dalla finestra guardai le luci della città, individuai Superga sulla collina.

Lui scorse dei fogli pinzati dentro una cartellina, lo sguardo scettico.

Da una delle stanze adiacenti arrivò un grido.

Lo psichiatra diede una manata sulla scrivania. – Bonetti, porca miseria, piantala di strillare!

Il grido s'interruppe e si creò un silenzio irreale.

Il medico riprese i fogli. – Sei già stato qui, a quanto vedo. Christian –. Pronunciò il mio nome come se lo volesse degustare sul palato. Poi, d'improvviso, lo gridò come fosse un ordine in tedesco: – Christian! Christian! – E l'ordine parve ridestare tutti i malati delle stanze attigue. E i malati ripeterono quello che avevano udito: «Christian! Christian! Christian!» Mi sentii come un soldato condannato a morte davanti a un plotone d'esecuzione. Il sangue mi defluí via dalla faccia, che mi divenne fredda.

«Christian! Christian!», urlavano i folli, i maniaci, gli aspiranti suicidi, i sadici, i finti malati, gli assassini, il boia e la notte. «Christian!»

Mi tappai le orecchie con i palmi delle mani. Strinsi gli occhi.

Quando li riaprii, lo psichiatra era in piedi davanti a me, mi teneva per i polsi. – Cos'hai?

– Perché urlavate tutti il mio nome?

– Chi? – Parve sinceramente sorpreso. – Guardami.

Non ce la facevo, cercai di divincolarmi dalla sua stretta, volevo Lucia, volevo scappare, volevo tornare indietro nel tempo – a quando ero stato felice, o quasi felice, o felice in potenza. Dopo il servizio militare nel Genio Ferrovieri, un tempo in cui ero giovane, pieno di speranze, un tempo in cui avevo dimenticato tutto quello che c'era da dimenticare. Quanto era passato da allora? Un decennio o un secolo?

– Siediti, – disse con calma il medico. E io obbedii, mi lasciai scivolare sulla poltrona come in un'altra dimensione, e in quella dimensione volevo trovarci aria pulita e pace e cose buone da vivere. Ma era solo una poltrona, e nemmeno troppo comoda.

Andò a chiudere la porta, il dottore. Lo sentii armeggiare alle mie spalle. Poi tornò con un bicchiere di plastica. – È solo acqua, – chiarí, – porcherie ne hai già prese a sufficienza per stasera –. E di nuovo andò a sedersi sulla scrivania. Di nuovo dondolò i piedi di una misura esagerata, forse calzava un 47, ancora i tacchi colpirono il pannello frontale della scrivania. Mi guardava, inclinando il capo, valutando forse la mia malattia e se detta malattia avesse raggiunto il livello di guardia.

Io sorbii l'acqua, che trovò il suo corso in gola solo dopo una lunga trattativa con l'epiglottide.

– Hai difficoltà a deglutire, vedo, – disse lui.

– Ho difficoltà un po' in tutto, a dire il vero.

Scartabellò i fogli. – Ti segue Caserta –. Una constatazione. Che però lasciò trasparire... cosa?

– L'ho visto solo una volta.

Continuò a leggere, una taccata alla scrivania, un calcetto al vuoto davanti. – Una terapia tosta, – disse alla fine. Altra constatazione? O? – Io non sono solito discutere le scelte di un collega –. Chiuse la cartellina. – E prima di constatarne l'efficacia, ci vorrà un po' di tempo. Però, se vuoi sapere la mia opinione, lo Zoloft è un farmaco troppo pesante per la tua... diagnosi.

– E allora perché mi è stato prescritto?

– Oh, – alzò le spalle, lasciò che ricadessero lungo quel corpo abominevole, – dà anche dei benefici. Dicono –. Sogghignò.

Bonetti, di là – la voce non poteva che essere la sua –, strillò ancora. Una via di mezzo tra un lamento e un gemito di piacere.

Mi crollava il capo e mi bruciavano gli occhi. – Ho un sonno... – feci.

– Vatti a sdraiare. Ci sono parecchi letti.

– In mezzo a quei...

– A quei pazzi? Sí. Ma non sono tutti davvero pazzi. Anzi, probabilmente nessuno di loro lo è –. Annuí, compiaciuto per quella verità. Una verità che, a ben guardare, rendeva il suo lavoro del tutto inutile; oppure no, oppure fondamentale. A suo modo.

– Vai.

Voleva che ci andassi da solo, con le mie gambe. Era una specie di test? Riuscire ad arrivare ai letti mi permetteva di guadagnare qualche punto? Dormire tra i mentecatti senza spaventarmi mi avrebbe spedito primo in classifica?

Mi alzai. – Lei come si chiama?

– Pratesi, – rispose senza guardarmi. Smontò dalla scrivania, guardò Superga o qualcos'altro di piú interessante. – Foschia, – sussurrò tra sé.

Era buio, ma non completamente. Una pallida luce di cortesia rischiarava a sufficienza la camera. C'erano otto letti, tre dei quali occupati. Uno da Bonetti, chiunque fosse, e che riconobbi solo dal verso acuto che lasciò partire quando entrai. Mi ritrassi. Tutto – gli odori, le ombre – pareva pungolarmi in profondità. Bonetti era in pigiama, si sfregava le mani sulle ginocchia, dondolava il capo, non mi guardava. Ma mi avvertiva. Ad ogni mio passo verso il letto vuoto piú distante da lui, contro la parete di fronte, lasciava partire un ansito che pareva afferrarmi come le acque sudicie che ingoiano la vita e la morte nelle scene finali di *Apocalypse Now*.

Accanto a lui qualcuno dormiva, e forse non respirava, forse era morto, quel qualcuno, da anni. Mandava un puzzo stordente. Di piedi cotti nella merda.

Un terzo individuo stava appoggiato alla parete, due letti piú in giú sulla mia sinistra; il cuscino dietro la schiena, i capelli lunghi e bianchi a oscurare in parte un volto scavato. Era un fantasma, lo eravamo tutti e quattro.

Tenendo d'occhio Bonetti e tappandomi il naso, mi sdraiai vestito e con le scarpe sulla coperta. La finestra sulla mia destra era appannata.

L'uomo appoggiato alla parete guardò nella mia direzione. Forse avevo bisogno di un contatto umano anche minimo, perché dissi: – Buonasera.

Nell'udire le mie parole, Bonetti strillò di nuovo, martellandomi i timpani. Senza aggredire nessuno e niente, solo quel grido fesso, che magari voleva essere richiesta d'aiuto oppure d'attenzione.

Il degente dai piedi puzzolenti non si mosse, probabilmente l'avevano sedato col Valium o con un pugno alla nuca.

Bonetti tornò a contarsi le dita delle mani, o qualunque fosse la sua missione tra un acuto e l'altro.

L'uomo dai capelli argentati parlò, né a me né a Bonetti né all'apatico, con voce spessa da fumatore, rivolto al soffitto, perciò a se stesso, o anche lui a nessuno: – Dilettanti... dilettanti... dilettanti, – disse, nel tono cavernoso una fiammata di ironia. – Cosí arresi, flosci, viscidi. Che dilettanti. Io sto peggio di tutti voi. Ma non fiato, non strillo, non spacco. E nemmeno mi rammollisco sotto le coperte. Se non fosse per quegli imbecilli scansafatiche dei miei figli, non sarei nemmeno qua dentro. Pisciasotto che non siete altro. Una piccola crisi, e vi fiondate nei reparti psichiatrici. Gne-gne –. Femminilizzò il tono per un attimo: – Muoio, oh, muoio! Sono terrorizzato! – Sputò a terra, riprese il suo timbro grave. – Cagoni. Siete la vergogna della nostra razza. Ci vuole intelligenza. Fiuto. Coraggio. Senza fuggire. Sempre sulla corda tesa. Oh... dilettanti, dilettanti. Chiusi qua dentro. A rimbambirsi. A rammollirsi. Fuori, invece, è tutta una sfida. Di piú: un'arte. La paura è un'arte –. Tacque, gli occhi accesi nel nero delle cose. Nemmeno Bonetti ebbe qualcosa da ridire.

Io riuscii quasi a addormentarmi. Poi, però, fui colto da una spiacevole sensazione di sporcizia. Di lordura. L'avevo picchiata. Non forte e non intenzionalmente, ma avevo picchiato Lucia. Mi venne da piangere. Fui tentato di alzarmi e di raggiungerla in sala d'aspetto. Ma non riuscivo a muovere un muscolo, adesso – ero bloccato dagli ipnotici, ero sfinito, ero sporco.

Il dottor Pratesi mi svegliò alle prime luci del mattino, scuotendomi appena una spalla. – Frascella.

Mi misi seduto, mi stropicciai gli occhi. Bonetti e l'Immobile dormivano, il vecchio non era nel suo letto. – Posso andare via, dottore? – biascicai.

– Non prima delle dieci. Però c'è una persona per te. In sala d'aspetto. Fai una cosa veloce.

Avevo dormito con le scarpe ai piedi, cosí ci misi un secondo a tirarmi su.

– Come va? – volle sapere Pratesi mentre arrancavo verso la porta.

– Bene. Bene.

Attraversai il lungo corridoio, raggiunsi la porta smerigliata. In una sala d'aspetto uguale alle altre trovai Lucia. Sentii il cuore gonfiarmisi in petto. Piú dell'imbarazzo e del senso di colpa fu la felicità di rivederla a farmi dire: – Tesoro.

Aveva il viso segnato dalla stanchezza, indossava gli stessi abiti della sera prima.

– Ti prego... scusami, vieni –. Allargai le braccia, aspettai che si avvicinasse. Non lo fece, quindi andai io verso di lei. Indietreggiò con un lampo nello sguardo, come se fossi uno sconosciuto che le sorrideva a tarda sera in un vicolo. Poi pensai al mio, di aspetto, all'impressione che le stavo facendo in quel momento: spettinato, abiti stropicciati, probabilmente maleodorante – alito in primis.

Indicò una sedia. – Christian, sediamoci un attimo –. Modulò le parole con grande sforzo. Compresi che aveva dormito poco e male.

– Okay –. Mi sedetti e lei fece lo stesso nella poltroncina accanto. – Scusa per ieri sera. Forse quel nuovo farmaco... non so... scusa. Non volevo colpirti...

– Che dicono qui... i medici? – Capii dall'esitazione che non voleva pronunciare la parola «psichiatri».

– Qualche errore nel dosaggio –. Non ricordavo esattamente cosa mi avesse detto quel Pratesi, ma immaginai qualcosa di simile. – Carmen e Rosario? Li hai sentiti? – Mi assalí un brivido di vergogna.

Distolse lo sguardo. – Sí, ho dormito da loro.

Guardai l'ora, erano le sette. Stavo per chiederle perché, poi mi diedi da solo la risposta: aveva avuto paura di stare da sola. Per colpa mia. Per colpa di quello che avevo fatto e detto non solo in mezzo alla strada, ma in tutti i giorni precedenti.

– Senti, Chri... – Pausa. Il cuore mi s'incagliò nel petto come una nave in piena tempesta. Fissò i suoi occhi sbavati di lacrime nei miei, disse in quella che parve un'unica lunga parola: – Non ce la faccio piú. Non so cos'hai e non so come aiutarti. Sono troppo spaventata. Non c'entra il fatto che mi volevi picchiare, almeno non solo. Ti prego, perdonami. Ma voglio andare via per un po', vado dai miei a Palermo. Non ce la faccio nemmeno a lavorare. Mi metterò in malattia e darò l'indirizzo dei miei. Non so per quanto. So solo che sono a pezzi, a pezzi, e ho bisogno di staccare. Di staccarmi da te.

Mi appoggiai allo schienale. Tutto il freddo del mondo sembrò schiantarsi sulla mia testa. Chiusi gli occhi. – Cristo santo, – sussurrai. – Ma se tu mi abbandoni proprio adesso... che ne sarà di me?

– Ti prego, Chri, non addossarmi la colpa, vivo già di merda –. Singhiozzò. – Hai bisogno di medici, infermieri, non di me. Io sono spaventata.

Aveva paura della mia paura.

E io avevo paura della mia paura che le faceva paura.

– Non puoi farmi questo, Lú. Io non ti abbandonerei in una situazione del genere –. Ma era vero? O anch'io al suo posto sarei scappato a gambe levate?

– Non posso piú stare con te dopo ieri. Come potrei? Mettiti nei miei panni... come potrei?

Mi afferrò la testa, pianse contro il mio petto, i suoi

singhiozzi alimentarono i miei, e piangemmo insieme per dieci minuti, mentre lei continuava a chiedermi perdono e io continuavo a ripeterle che non poteva abbandonarmi cosí e lei ribatteva che non era giusto la colpevolizzassi per quanto stava accadendo e io tacevo per un po' perché in realtà non avevo niente da obiettare, perché lei aveva ragione, non era colpa sua, ma poi ritornavo a buttarle addosso la croce, e la croce stava tra me e lei e faceva ombra su tutti e due, ché la verità stava nel mezzo e la colpa anche.

Alla fine si staccò da me, si alzò, e disse: – Mi dispiace. Pensa a curarti, – e si allontanò a passo incerto: io le guardai le spalle che tanto mi avevano attratto la sera che ci eravamo conosciuti, pensai di seguirla, di trovare le parole per convincerla a tentare. Sí, mi sarei curato. Mi sarei curato bene. Con lei al mio fianco avrei trovato gli stimoli, in fondo era solo un disturbo chimico, forse si trattava di un male passeggero che, cosí come era arrivato, se ne sarebbe anche andato. Ma non mi mossi: sapevo che non era solo il mio stato di salute. Le mie crisi avevano fatto precipitare gli eventi, ma prima o poi sarebbe successo. Non eravamo nati per stare insieme.

Sparí singhiozzando dietro una colonna, e io pensai che non sarebbe piú tornata, pensai che sarebbe sparita portandosi dietro due anni e mezzo della mia vita, le estati al mare, le serate sul divano a guardare la Tv, i regali a Natale e ai compleanni, le cene nei ristoranti per festeggiare gli anniversari, i modi di dire, di sorridere, di arrabbiarsi, di fare pace, le mani che si cercavano a letto nel buio prima del sonno, i «ti amerò per sempre», i giorni buoni che passano in fretta e quelli meno buoni che trascorrono lenti mentre cambia il mondo o cambi tu. Sparí dietro la colonna, e pensai che sarebbe successo proprio come si dice a volte: che non l'avrei piú rivista.

Non avevo niente con me, solo un giaccone. Andai a prenderlo nella camera del reparto e incrociai una ragazza sui venticinque anni con lo sguardo spento, che camminava in pigiama, i lineamenti tirati dal suo male – qualunque fosse. I maschi, invece, con cui avevo trascorso la notte non c'erano.

Entrai nello studio di Pratesi. Si era sbarbato, profumava di fresco, ma si capiva che era stanco. Mi porse il foglio di uscita. – Hai dormito?

– Sí.

– Beato te.

Presi il foglio. Dovevo avere un'aria abbattuta, perché mi chiese: – Brutte notizie?

Annuii.

– Mi spiace.

– Davvero?

– Certo –. Poggiò una mano sulla mia spalla. – Continua a curarti.

– Allora quel farmaco... lo Zoloft: devo prenderlo o no? – Avevo il gelo dentro.

– Nel referto ho scritto le mie impressioni per Caserta.

– Che ne pensa di Caserta?

Ondeggiò un attimo la sua piccola testa su quel corpaccione. – Metodico, – disse. Poi, come se si fosse esposto troppo a svantaggio del collega, aggiunse: – Vacci. Non è un luminare, ma c'è di peggio, credimi.

– Per esempio?

– Io! – esclamò, quasi fiero. – Altro che farmaci! Ti prenderei a calci in culo!

Riuscii a sorridere.

– Questo è il mio sistema. E anch'io sono metodico. Ora vai a casa, fatti una doccia.

Pensai all'appartamento vuoto. – E poi? – chiesi.

– Poi vivi.

Prendi l'autobus. Non guardi in faccia nessuno. Ti senti svuotato, morto. Osservi scorrere i nomi delle vie di Barriera. Negozi. Pizzerie male in arnese. Ti aspetta lo scoramento, la nostalgia, l'apatia. Pensi a quello che sarà di te.

Ti vedi da fuori.

Sei solo. Solo nel mondo. Anonimo negli sguardi che ti attraversano come fossi un velo d'aria. Comune. Qualunque. Una faccia tra milioni. Trascurabile come la linea del traguardo per chi arriva quinto. Tu che sei nessuno e che chiedi aiuto. Solo nel mondo.

Buona fortuna.

Girellai senza costrutto nella piazzetta di fronte a via Lauro Rossi, per un'ora almeno. Volevo dare il tempo a Lucia – se ancora non lo aveva avuto – di prendere le sue cose e andarsene. Non avrei sopportato di guardarla mentre chiudeva una valigia.

Verso la mezza suonai al citofono. Attesi un minuto, poi ripetei il gesto. Nessuno rispose.

Salii le scale un gradino alla volta, molto lentamente. Arrivai su col fiatone. Suonai al campanello. Quasi mi parve di avvertire dei passi – ma era solo immaginazione, era solo speranza.

Cavai fuori le chiavi e aprii.

Il vuoto mi avvolse come un sudario.

Sul tavolo in cucina, un biglietto con quattro brevissime frasi: «Ti telefono. Non odiarmi. Abbi cura di te. Ti voglio bene».

Strappai il biglietto.

Stronza puttana ingrata pisciasotto bugiarda cagna.

Mi sedetti sul divano con la testa tra le mani.

Oh! Ma ti faccio vedere io, cretina! Ti faccio vedere! Mi trasformo. Guarisco, mi butto alle spalle tutta questa situazione, vado a correre, vado in palestra, metto su un fisico della madonna, cambio lavoro, trovo un sistema per fare i soldi, cambio macchina, cambio casa, mi fidanzo con una modella e poi vengo in vacanza con la Porsche nella tua cazzo di Palermo e ti sfreccio davanti, bello come il sole, accompagnato da una stangona che magari me lo succhia mentre guido, ti raggiungo in spiaggia, te e la tua merdosa famiglia della minchia, m'avvicino all'ombrellone, tu mi vedi e trasali, osservi la mia tartaruga, le mie spalle poderose, la mia abbronzatura da negher, i miei modi sicuri, i miei capelli da divo, e ti piglia un colpo di nostalgia e rimorso e mi chiedi di tornare insieme, mi supplichi davanti a quel cialtrone mangiacocomeri di tuo padre, davanti a quel bidone dispensa-disgrazie di tua madre, e io rido e a te e a loro vi sputo addosso, poi vi ignoro, prendo la mia stangona e vado a farmi un tuffo, tu soffri, ti disperi, vai fuori di testa, è te che rinchiudono in manicomio – adesso sai come ci si sente. Ogni Natale ti spedisco un pacco in clinica, e in quel pacco ci metto un registratore, tu schiacci play e ti arriva la mia voce, stesso tono tutti gli anni, stesse parole tutte le volte, la mia voce dice: «Crepa!» e basta, solo: «Crepa!», e tu la riascolti e piangi e ti devono somministrare Valium a secchiate, finché una bella mattina non ti svegli piú, sei morta, sei morta sognandomi, sognando la mia voce che ti dice: «Crepa!» e sei crepata davvero, amen.

Ti faccio vedere io.

Ma piú tardi a letto il buio mi piovve addosso con gocce taglienti come dardi.

Allungai la mano e Lucia non c'era, non c'era il suo calore lí accanto. Il silenzio divideva con me il letto. Pensai di chiamarla al telefono, non lo feci.

Mi misi seduto ed ebbi paura, il panico mi prese come sempre – a ondate tramortenti. Avevo sbagliato la somministrazione dei farmaci, m'ero scordato di prenderli al mattino, troppi eventi mi avevano rimbambito, m'ero scordato, m'ero scordato!

Non ci si può inventare la posologia, bisogna essere precisi, precisi al minuto, altrimenti non serve a niente. Perché quel Pratesi non mi aveva dato i farmaci di Caserta? Possibile che non se ne rendesse conto nemmeno lui: che ero in ASTINENZA, che mi mancava un frammento di chimica rispetto agli altri giorni, che ero a rischio!

Mi s'infiammò la gola e mi bruciarono i polmoni. Non potevo respirare, non sapevo piú respirare – avevo dimenticato i farmaci del mattino, e ora ecco che ne pagavo le conseguenze: come un tossico come un tossico come un tossico, cristosanto, mi chiusi tra le braccia, sentii il sudore picchiettarmi la schiena, la notte si fece umida, umido il corso del sangue nelle vene, umide le parole strozzate nel naso mucoso, umidi i piedi, e poi bollenti, bollente il buio della notte che mi strizzava coi suoi uncini roventi.

Mi buttai verso la porta-finestra, la spalancai, alzai forsennato le tapparelle.

Le luci e la città, sotto, uno sfarfallare; e, ancora piú sotto, il verso del vento, sfff, sfff, che lambiva la crosta della terra, ne spegneva il magma, rallentava l'orbita del pianeta e poi l'arrestava: e mi ritrovai fermo in un tempo senza collocazione a sudare e tremare di freddo e piangere e raggiungere la ringhiera, sfff, e guardare senza vederlo il punto della strada sulla quale alla fine della caduta mi sarei spiaccicato.

Ma no – mi ritrassi. Se avevo paura della morte, perché andarmela a cercare? Era la vita, e non la morte, quella schifezza con cui dovevo combattere.

Tornai dentro, mi avvolsi nella coperta, annusai il mio sudore. Dovevo cercare di pensare a qualcosa di buono, sano, positivo, divertente magari, semplice, senza attorcigliamenti mentali, senza chiusure nel cuore amniotico della paura. Il mio male era mentale. Non c'era niente di fisico.

Un piccolo scarafaggio corse da una parte all'altra della stanza, non provai ribrezzo, soltanto una strana specie di curiosità che si allungò a simpatia per quell'altro unico essere vivente che bighellonava in giro per casa. Forse ce n'erano altri? Torrenti di scarafaggi neri nascosti dalle dighe delle ante. L'idea mi piacque, mi piacque pensare alla vita attorno a me – in qualsiasi forma, persino la piú bistrattata.

Alzai la testa e, sí, vidi una ragnatela setosa all'angolo del soffitto. Una ragnatela, perciò un ragno nei dintorni di quella. Un altro essere vivente. Con il suo mondo, le sue impellenze, le sue aspettative. E non era un altro filo di ragnatela quello che correva sulla parete alla mia destra? Sí, argentato, pendulo, pareva un girocollo.

Scarafaggi, ragnatele, ragni.

Certo che Lucia la puliva proprio a cazzo la casa, pensai.

Scoppiai a ridere. Risi per minuti, fino alle lacrime. Diedi un paio di manate al letto, ficcai la faccia sul cuscino per soffocare ogni rumore ed evitare le lamentele di Iside. Solo a quel punto mi accorsi che la crisi se n'era andata.

Alle sette in punto mi svegliai di soprassalto. Ero in mezzo a un incubo in cui non facevo che litigare con tutti, quasi arrivavo alle mani con Rosario, coi miei fratelli, con sconosciuti. Mangiai una frettolosa colazione – d'ora in avanti, riflettei, mi sarebbe toccata l'incombenza della spesa da solo; avrei dovuto stilare la lista di quel che mancava da solo; da solo avrei poi sistemato gli acquisti. Mi fece male, quel pensiero, malissimo.

Esisteva la possibilità che Lucia si ricredesse, che tornasse, che... Buttai giú le pillole, le gocce, accesi la Tv tanto per sentire altre voci oltre la mia. Le gambe mi formicolavano. Mi vestii, dovevo anticipare la paura, farci i conti davanti a Caserta di modo che s'accorgesse di quanto fossero state sbrigative le sue cure.

C'era un foulard di Lucia appeso all'attaccapanni, il giorno prima non lo avevo notato. Feci per afferrarlo e infilarlo in un cassetto. Ma poi me lo portai al naso, aspirai il suo profumo o quel che ne rimaneva. Mi tremavano le spalle, infilai il foulard nella tasca della giacca. Aprii la porta di casa.

E mi trovai di fronte la signora Iside.

Stava spazzando il suo zerbino con una scopa. – Mh, – fece, lo sguardo vispo a squadrarmi.

– 'giorno.

Si appoggiò al manico della scopa, le vene blu a irradiarsi sulla pelle di cartavetrata rosa. La immaginai osservare dallo spioncino Lucia che si dileguava con le valigie. – E cosí se n'è andata, – disse infatti, annuendo.

Mi rigirai le chiavi nella mano. – Doveva tornare dai suoi, – spiegai, anche se non dovevo spiegarle un accidente. Era solo una vecchia vicina impicciona.

– Me l'ha detto che il papà sta poco bene...

Sí? Che altro le aveva raccontato? E cosa avrei dovuto raccontare, io, di lí a qualche mese quando sarebbe stato chiaro che Lucia non sarebbe piú tornata? Che il padre era morto? Che anche la madre si era ammalata? E poi il cane, il gatto, il mandorlo in giardino? Rabbrividii e i brividi incocciarono col tremito delle ginocchia, mi sentii sbarellare, dovetti appoggiarmi alla porta.

Presi un respiro.

– Ora devo proprio andare, signora.

Mi valutò un attimo, dovetti ispirarle qualcosa di molto simile alla pietà perché disse: – Se hai bisogno di qualcosa... – Provò un sorriso da dentiera scadente.

– Grazie –. Trattenni un accesso di pianto, lo ficcai giú giú dentro di me.

La salutai, scesi i gradini due alla volta.

Raggiunsi il Centro di Salute Mentale. Rividi la fila dei tossicomani. Non indugiai con lo sguardo, avevo altro di cui preoccuparmi. Entrai nella sala d'attesa, picchiai sulla porta con violenza.

Quando questa si aprí, un paio di minuti dopo, ero pronto a strillare in faccia alla vecchia col culo tremolante tutti gli improperi che conoscevo.

Ma fu quella tizia carina, Stefania, a pararmisi di fronte. Quella a cui avevo mentito, quella con cui non potevo permettermi di fare figure di merda – pena l'esaurimento della mia già scarsa autostima. Ma stavo malissimo, la notte prima avevo avuto pensieri suicidi, avevo bisogno di parlare con lo psichiatra.

– Salve, – dissi. – Cercavo il dottore. Caserta.

– Per lei o per il suo amico? – sogghignò. Mi aveva riconosciuto. E scoperto. Sentii cedermi le gambe. Ma mi riscossi. Era bella, era furba, ma adesso doveva togliersi dalle palle, eh.

– C'è stata un'evoluzione. Adesso sto male anch'io, per osmosi.

Smise il sogghigno, mi valutò per bene. Dovevo avere proprio una brutta cera. – Frascella, vero?

– Esatto. Ha buona memoria.

– Devo averla per forza. Comunque il dottore sta visitando, in questo momento. E lei non ha un appuntamento, giusto?

– No, ma sto... poco bene –. Diedi un involontario pugnetto al vetro della porta, che tremolò.

Stefy si allarmò un tantino. Era bella anche allarmata. Però era allarmata, e non era un buon segno per me. Senza che potessi controllarlo, cos'altro avrei potuto combinare? Buttar giú il prefabbricato?

Sospirò. – Attenda.

Si voltò, e io le andai dietro, in punta di piedi. Bussò alla porta, Caserta disse «avanti», lei aprí e io la scostai, mi buttai nell'ufficio.

– Ma che fa!? – esclamò Stefy.

– Caserta! – ringhiai a Caserta. Che se ne stava seduto a fare niente, non c'era nessuno con lui, solo scartoffie, una mano nei ricci, l'altra appoggiata al bracciolo.

– Mi scusi, dottore... – cominciò la tipa.

Ma io: – Che cavolo m'ha prescritto a fare quella merda di Zoloft quando è chiaro che si tratta di un farmaco bastardo!? – Quell'altro strizza, Pratesi, aveva piú o meno detto cosí, no?

Caserta si alzò. – Perché? Che le è successo?

Guardai Stefania.

Caserta disse perentorio: – Lasciaci soli.

Lei mi fulminò con lo sguardo, chiese ancora scusa, uscí sbattendo la porta.

Col luminare che mi fissava dalla sua non indifferente

altezza, riepilogai tutto quello che era successo da quando mi aveva prescritto la cura.

Quando ebbi finito, si appoggiò alla scrivania. Si appoggiavano tutti alla scrivania. Forse era il loro sogno di bambini. Da grande, avevano pensato, farò un lavoro che poi mi appoggio col culo alla scrivania...

Allargò le braccia. – Inutile dirle che sono in totale disaccordo col collega del pronto soccorso. Lo Zoloft è un farmaco che ha bisogno di tempo per dare risultati.

– E intanto che mi fa fare? Suicidarmi, uccidere qualcuno, spaccare le cose?

Strinse le labbra, se le succhiò per un po'. Era il suo modo di riflettere. – Certo questa rabbia deve avere uno scatenante antico... Direi di mantenere lo Zoloft comunque. Che benzodiazepine le ho prescritto?

– Rivotril. Cinque piú cinque piú cinque –. Quasi cantilenai.

– Passiamo a dieci piú dieci piú quindici, allora.

– No, scusi, – mentii, come se mi fossi sbagliato. – Ne prendo già dieci piú dieci piú dieci.

Annuí ancora, senza sospettare nulla. Metodico, ribatté: – Allora passiamo a quindici piú quindici piú venticinque.

Hai capito, lo stronzo. Non gliene fregava un accidente. Buttava lí numeri a casaccio, ciò che importava era che fossero maggiori dei precedenti – solo per dare l'idea che stesse lavorando al tuo caso. Invece no. Potevi crepare, e lui non si sarebbe sentito in colpa. Appresa la notizia della tua morte, avrebbe cercato e cestinato il tuo fascicolo. Avanti un altro. Diamo i numeri.

Indicai il telefono sulla scrivania. – Lo vede, quello?

Con stupore spostò lo sguardo dove puntavo il dito. – Cosa...

– In questo momento mi verrebbe voglia di afferrare quella cornetta e sbattergliela in testa.

Aggrottò la fronte sotto i ricci curati. Forse usava uno

shampoo che glieli ravvivava. Forse era Stefy a occuparsi dell'importante mansione tutte le mattine.

– Gesú, – dissi. – Lei è un tale imbecille.

– Ora non insulti. Usi la ragione.

Ma io la usavo, persino nelle condizioni in cui ero. La usavo, forse troppo. E la ragione mi diceva che quello era un pessimo medico. Dissi: – Le persone si fidano di voi. Io mi sono fidato –. Pensai a quanto mi ero sentito sollevato tempo prima, uscendo da quello stesso studio. Mi era sembrato cosí competente, cosí disposto ad aiutarmi. Ma si rendeva conto che dall'impegno e dalla passione che metteva in quel che faceva dipendevano la felicità o l'infelicità delle persone?

Non mi sentivo bene. Pensai di andare all'ospedale piú vicino – qual era? Ma a cosa sarebbe servito? A niente. Io li odiavo, gli ospedali. Li odio ancora. In ospedale non puoi fare nient'altro che code. Oppure il malato, nel letto, a decomporti di noia. Fare amicizia con gli altri degenti – che palle. Chiacchiere insulse su quello che hai tu e quello che hanno loro e quante volte ci hanno ricoverato e perché. Uno dovrebbe avercelo a casa sua l'ospedale. Con tanto di medico e infermiere. Sempre a disposizione, per qualunque accidente. O anche solo per fare due chiacchiere.

Non andavo mai a trovare mio padre al San Giovanni Bosco, ad esempio. Lo ricoverarono in ottobre la prima volta, e io non me ne interessai quasi, aveva qualcosa allo stomaco, non digeriva bene. Lavoravo in una fabbrichetta che produceva boccole di motore. Non chiedetemi cosa sono. Lui, mio padre, mi aveva detto che non avrei resistito una settimana. Invece ero lí da due mesi. Era una sfida. C'era stato un mezzo litigio tra noi a proposito della mia scarsa propensione ad applicarmi in qualunque cosa non fossero i libri e i film. E poi per via della ragazza con cui stavo allora, che a lui e a mia madre non piaceva. A dire il vero, non piaceva neanche a me. Però ci stavo. Perché ero un codardo. Perché non sapevo lasciare, piuttosto mi facevo odiare e mollare, ma mai che fossi io a prendere la decisione finale. Dopo ero capace anche di stare malissimo – per una tizia di cui chiaramente non me ne fregava nulla.

Una sera timbrai, salutai i colleghi e il lurido padrún – un piemontesone di settant'anni che mi faceva maneggiare i ferri taglienti a mani nude, cosí stavo attento a quel che facevo e producevo meglio! Non so com'è, vidi passare l'autobus e ci salii sopra, direzione ospedale. Massí, mi dissi.

Di solito c'era qualche altro figlio, qualcuno veramente attaccato al vecchio, ma quella sera sfiga volle che mi ritrovai da solo. Aprii la porta della stanza che il signor Frascella condivideva con altri cinque malati.

Stava seduto, due cuscini sotto la testa, e sfogliava «Tuttosport». Lo riconobbi dalle gambe tozze. E adesso che sei qui, mi dissi, di che cavolo parlerete?

Uscii piano, qualcuno mi toccò la schiena. Mi voltai. Era un medico bassino, calvo, con tanto di camice e targhetta. Non so da quale caratteristica fisica ricavò la sua valutazione, ma subito mi chiese: «Lei è il figlio del signor Frascella?»

«Sí...»

Sospirò. «Sono appena arrivati i risultati della risonanza magnetica. Suo padre ha un tumore inoperabile grosso come un pugno al retto».

Porca puttana. Una volta che vengo, e mi devo beccare l'anteprima nazionale del terrore. «Siete sicuri?»

«È in metastasi». Scosse il capo, le luci schiaffeggiarono la sua pelata. «Valutate voi se è meglio dirglielo o meno».

Appena – e giuro: appena – si fu allontanato, mia madre, la mia ex cognata e un paio di fratelli imboccarono il corridoio nella mia direzione. Io rimasi traumatizzato a guardarli mentre si avvicinavano, stupiti di trovarmi lí.

E adesso che faccio?

Feci la cosa piú semplice, no? Li presi da parte prima che entrassero, e ripetei le parole del dottore. Per scaricare il barile sulle loro spalle. Perché ero un vigliacco, e volevo solo scappare. La reazione fu inizialmente fredda, poi si fece caotica. Quale medico te l'ha detto, e perché non lo operano subito, com'è possibile che se ne siano accorti solo ora? E via su questo tono. Facevano baccano.

Gli intimai di smetterla, che ne avremmo parlato a casa.

Mi stampai in faccia un sorriso, aprii la porta. Mio padre mi vide e sogghignò. Chissà perché. Poi però si accorse delle espressioni funeree degli altri. Gli cadde il giornale.

«Che c'è?», chiese. Smarrito, aveva subodorato tutto. Sbiancò, mosse le gambe sulla coperta, che tremavano come sotto sforzo. Grosso com'era, mi sembrò un bambino da coccolare.

La stanza stramazzò nel silenzio.

«Che c'è?», ripeté lui.

I miei parenti lo circondarono, mia madre lo toccò.

Lui andò in apnea, tanta era la paura.

Io dissi: «Ehi, piantala. E tira fuori le palle».

Dissi cosí.

Io, che ero un codardo, assunsi il ruolo del cinico.

Codardo, lo sono rimasto. Il cinismo che imparai quella sera invece compare e si ritrae, onda alta che sputa sulla battigia e poi rotola su se stessa per sputare ancora e ancora, a intervalli.

Mio padre, attonito, mi fissò e tornò a respirare. Non volle sapere altro. Nessuno pronunciò mai la parola cancro in sua presenza, anche mentre il male gli succhiava la vita, perdeva chili, piangeva per il dolore.

E aveva ragione: certe parole non dovrebbero esistere. Certe parole starebbero meglio fuori dal linguaggio.

Avevo esaurito la mutua, in fabbrica ero già assente ingiustificato dalle sei di quella mattina, orario di inizio del primo turno. Ma non me la sentivo. Nella cassetta della posta avevo trovato la bolletta della luce e quella del gas. Lucia doveva aver pagato l'affitto di marzo, ma ad aprile come me la sarei cavata? Quanti soldi avevo? Dovevo andare in banca, farmi fare l'estratto conto, e capire quanto spendevo di solito. Senza lo stipendio di Lucia ero nella merda. Il padrone di casa, quello che aveva affittato a lei e non a me, m'avrebbe sfrattato nel giro di poco. C'era una cauzione, pensai, che Lucia doveva aver versato quando aveva preso possesso della casa. Ma cosa copriva la cauzione? Un mese, due – o forse era una somma che ti veniva restituita solo nel momento in cui liberavi l'appartamento. Non lo sapevo. Era lei a occuparsi di queste cose. Si occupava di tutto. La lavatrice per me era un mistero, e il ferro da stiro un nemico col quale avevo combattuto in un paio di occasioni ustionandomi. Forse dovevo assumere una donna per le faccende di casa. Ma con quali soldi?

Non potevo permettermi di perdere il lavoro. Assolutamente no. E però l'idea di stare attaccato otto ore a una pressa... Dovevo andare in fabbrica, parlare col capo del personale, chiarire le cose. Spiegargli che mi stavo curando – ma mi stavo curando? – e che sarebbe occorso del tempo. Raccontargli gli affari miei.

Alle undici, dopo aver ingollato con scetticismo le pastiglie e le gocce, scesi e mi misi al volante della Panda.

Non me la sentivo granché di guidare. Però dovevo farlo. Telefonare non sarebbe stato sufficiente.

Guidai piano, come un pensionato, gli occhi sulla strada, le mani strette al volante. Non infilai mai la quarta, neanche quando il motore ruggí disperato. Fiatai, sfiatai, tenni sotto controllo il tremito degli arti. Altrimenti, pensai, ti ammazzi. E magari con te ammazzi qualche sfigato.

La giornata era fredda ma rischiarata dal sole, i lampioni colavano ombre sull'asfalto. Parcheggiai. Notai l'auto di Rosario. Quella di Piero. Erano dentro dalle prime luci del mattino.

Evitai l'ingresso operai, raggiunsi la porta che dava sugli uffici. Suonai.

Fu proprio Radelli, il capo del personale, a venirmi ad aprire, il suo ufficio era il primo sulla destra. La segretaria doveva essere in pausa pranzo.

Era un uomo basso, tarchiato, con una leccata di capelli in testa e un paio di occhiali con lenti spesse. Era da anni che non ci rivolgevamo la parola. L'ultima e forse unica volta che avevamo parlato mi aveva anche assunto.

– Cercavo proprio lei, – dissi, con un sorriso smorto.

– Stai ancora male? – Mi squadrò. Non attese risposta, però, perché subito mi fece segno di seguirlo. I pavimenti erano lucidi, le pareti imbiancate di fresco. Dal fondo del corridoio, dietro una porta metallica, arrivavano le strilla delle lamiere pressate. Era un suono terrificante. L'ufficio di Radelli – individuo di cui ignoravo il nome di battesimo – era d'arredamento spartano. Non c'era una scrivania vera e propria, ma un piccolo scrittoio. Due sedie. Alle sue spalle, scaffali ripieni di fascicoli.

M'indicò la sedia, mi accomodai, lui rimase in piedi. La cravatta di sghimbescio, la camicia sgualcita. Capii di essere una seccatura, l'ennesima in un'esistenza di seccature.

Dovevo giocarmela bene.

– Dunque? – chiese. – Che ti sta succedendo? Ambulanze, mutua, timbrature d'entrata alle 14 e di uscita alle 14,30. E oggi non hai nemmeno avvertito. Che cavolo mi combini?

– Dottore...

– Niente dottore! Che dottore? Radelli, chiamami Radelli.

– Radelli... il medico mi ha prescritto degli esami. Sospetta labirintite –. Ci poteva stare. Mi era venuta in mente perché la mia ex cognata ne aveva sofferto, e i sintomi erano piú o meno simili a quelli del panico. Piú o meno.

Sfilò una gomma da un pacchetto di Brooklyn. A me non la offrí. La scartò e se la infilò in bocca. Tutta la testa – occhiali compresi – parve occupata dalla masticazione. Poi parlò, con timbro perentorio. – Io la so diversamente, Frascella. A parte che anche la labirintite non è mica uno scherzo, a me dicono che hai avuto una serie di crisi di panico.

Dunque: cosa voleva sentirsi dire questo stronzo? Che soffrivo di quale malattia? La labirintite – che «non è mica uno scherzo» – gli andava meglio delle crisi di panico? Probabilmente sí. Panico significa non starci con la testa, e se non ci stai con la testa non puoi lavorare in fabbrica. Mentre la labirintite è un disturbo in qualche modo accettabile.

– Inizialmente pareva panico, – mentii. Ma perché mentivo? Mi vergognavo? Sí. Mi vergognavo. – Poi, dopo le prime visite, l'hanno escluso. Da quel lato sto benone. Però quel senso di... smarrimento, quello può essere causato dalla labirintite.

– Smarrimento? – fece. – Urlare, tremare, svenire. Me lo chiami smarrimento?

Un moto di rabbia mi bruciò i nervi. Mi alzai, inclinando il capo e scandendo bene le parole dissi: – Mi faccia capire, me la fa lei la diagnosi? C'ha la laurea in medicina?

S'ingobbí, smise di masticare.

Se ero pazzo, che si spaventasse almeno!

– No, intendevo... mi pare strano. Hai anche guidato fin qui, ti ho visto arrivare. Uno che soffre di labirintite credo non ce la faccia a guidare...

– E invece uno che soffre di attacchi di panico ce la fa o non ce la fa a guidare? Sentiamo –. Ero aggressivo, e non me ne fregava niente. – Vengo qui a parlarle di persona, quando potevo benissimo telefonare, e lei cosa mi fa? Il terzo grado? Fino a prova contraria, sono i medici ad avere l'ultima parola. Né io né lei. Sono loro a decidere se devo stare in malattia o meno. Né io né lei. Io a questo lavoro ci tengo, chiariamolo. Sono anni che sputo ruggine, e non ho mai dato problemi. O mi sbaglio?

Gli occhiali gli scesero sul naso lucido. La sua tracotanza s'era estinta come una fiammella. – Va bene. Piantiamola qui. Vai a casa e fammi avere il certificato. Stop.

– Prego.

– Eh?

– Mi ha ringraziato per essere passato di persona, giusto? Perciò «prego».

Fuori dalla porta, anziché all'esterno mi diressi automaticamente verso il portone metallico, lo spinsi. Quando mi resi conto di aver sbagliato, ero ormai nel cuore della fabbrica. L'odore dell'olio emulsionante mi diede la nausea.

Camminai rasente il muro, per evitare di essere visto da chicchessia. Ma, proprio all'altezza degli spogliatoi, incrociai Rosario.

Ci bloccammo.

Sorrise. Sorrisi.

– Che ci fai qui?

– Sono passato da Radelli. Per faccende di mutua –. Gli raccontai il mio abboccamento col capo del personale.

– E come stai?

– Lucia se n'è andata –. Mi uscí strozzato.

– Vedrai che torna. Piú in fretta di quanto credi. Carmen l'ha accompagnata all'aeroporto. Non sa stare senza di te –. Mi appoggiò le mani sulle spalle: – Chri, – disse. – Non voglio fare discorsi troppo... Ma per qualunque cosa... per qualunque cosa... io ci sono. Eh? E anche Carmen.

Le lamiere facevano trak trak trak.

– Grazie –. Non trovai altre parole.
– Vedrai che torna. Nel frattempo, ci siamo noi.
Nel petto s'era formato un cratere.

Rientrai a casa. Ero un fascio di nervi, presi la boccetta, rigirai almeno venti gocce nel bicchiere d'acqua. Fu solo dopo che ebbi ingoiato che, dal sapore differente che mi ritrovai nel palato, mi resi conto di aver confuso l'En col Rivotril. Mi ero dimenticato di buttarlo, e adesso ce l'avevo di nuovo in corpo – quel farmaco che non serviva a niente, neanche a farti dormire mezzo minuto.

Mi agitai il doppio.

Nonostante tutti i pensieri di vendetta, di fronte alla paura mi ritrovai come un cane randagio e zoppo, e mandai un sms a Lucia: «Ho bisogno di te».

Pensai di telefonare a Caserta. Ma chi si fidava piú? Tutti mi avevano detto che l'En era un farmaco blando, no? Allora amen. Riempii un altro bicchiere d'acqua, ci versai dentro dieci gocce di Rivotril. Ora avevo in pancia un bel cocktail di benzodiazepine. Qualcosa doveva pur succedere.

Ma... pensai buttandomi sul divano: e se fossi morto, come le rockstar che assumevano tutti quegli intrugli e poi non si riprendevano piú? Jimi Hendrix, per esempio. Cazzo.

Mi spaventai di brutto.

Che cavolo avevo combinato?

Io che mi preoccupavo sempre per le interazioni tra i farmaci, adesso avevo agito come uno psichiatra alla Caserta, che sparava numeri a caso e se ne sbatteva delle conseguenze.

Andai al cesso. Mi ficcai due dita in gola. Mai riuscito a indurmi il vomito da quando ero nato. Conoscevo certe persone che appoggiavano il mignolo sulla lingua, e spram, veniva giú il Niagara. Io mai. Mai una volta. Neanche quella. Eppure a vomitare dopo sbevazzate di vino ero un maestro. Una volta nella Twingo nuova di pacca di un amico – gliela battezzai cosí.

Provai con un dito, due dita, tre. Solo conati. Allo specchio mi ritrovai con la faccia rossa, gonfia. Che faccio?

Sentii un brusio. Erano le mie orecchie. No. Era il telefonino.

Uscii dal bagno come se sciaguattassi con gli stivali in un fiume di melma. Il cellulare era nella tasca della giacca. Lo afferrai.

– Pronto.

– Adesso capisci come ci si sente? – Era la voce di mio padre.

– Papà, che...

– Sdraiati sul divano, subito. Dormirai un po', nient'altro.

– Sicuro. Perché ho...

– Ehi, – m'interruppe. – Piantala. E tira fuori le palle.

Riattaccò.

Ma poi il telefono vibrò di nuovo. Era lui che mi richiamava? No, era Lucia!

Mi schiarii la voce. – Pronto.

– Ciao, – disse. – Come stai?

– Bene. Scusa per il messaggio patetico. Dove sei?

– Dai miei.

– Salutameli.

– Sí.

Parlammo di come era andato il suo volo. Non me ne fregava un cazzo del suo volo.

Dissi: – Allora quanto ti fermi lí?

– Ho preso due settimane di mutua.

– Torcia non si smentisce mai, eh?

Soffiò un sorriso nel cellulare. – Ti saluta. Vallo a trovare.

– Vacci tu –. Pausa. – Non hai risposto.

– A cosa?

– Quando torni?

– Presto.

– Ti amo.

– Anch'io.

– Allora che ci fai lí?

– Ti prego.

Io «ti amo» e lei «ti prego». Qualcosa non funzionava.

Ci salutammo. Mi pareva di non aver detto tutto, ma non mi veniva in mente cosa avessi tralasciato.

Feci come mi aveva consigliato mio padre poco prima, anche se era morto da quattro anni. Mi distesi sul divano. Un minuto dopo, mi tuffavo nel nero.

Al risveglio – un risveglio da vertigini – mi chiesi se davvero avevo creduto di parlare con mio padre al telefono. Se ci avevo creduto – e mi pareva proprio di sí – ero matto da ricovero. Mi tirai su lentamente, tutta la stanza ondeggiava, avevo la nausea e un'emicrania provocata dalla posizione che avevo tenuto col capo mentre dormivo – il mio cuscino era stato il duro bracciolo del divano. L'unico fatto consolante consisteva nell'evidenza che non ero morto – almeno per quella sera. Guardai l'ora, erano le sei. Fu proprio mentre mi alzavo che suonò il citofono. Barcollante, senza individuare punti d'appoggio decenti, lo raggiunsi. – Sí? – biascicai con la voce ancora impastata di sonno.

– Il signor Frascella?

– Eh.

– Medico di controllo.

Di già? Ma se ancora non ero andato da Torcia a farmi prescrivere i giorni di malattia.

– Ha capito?

– Guardi che ancora non sono in mutua.

– Il suo datore di lavoro ci ha segnalato il contrario. Mi fa salire o no?

– Ho quarantotto ore per presentare il nuovo certificato o sbaglio?

– Ma qui risulta...

– Ho o no quarantotto ore?

– In teoria, sí.

– Non «in teoria». Per legge. La conosce la legge?
– Non sia offensivo.
– Se ne vada, allora. E torni solo quando deve.

Riagganciai. Per chi m'avevano preso? Io le conosco le leggi a mio favore, pensai. Quelle le conosco tutte. Sono altre le cose che non so. Tipo come ritornare al divano, se cominciare a camminare col piede destro oppure con quell'altro, il sinistro.

Scelsi il sinistro. Poi attaccai col destro. Ancora sinistro. Sí, bravo. Destro. No! Mi sentii crollare di lato – sto cadendo, sto cadendo, pensai – e successe: mi abbattei sul tondo tavolo dell'Ikea. Il quale era stato montato dal sottoscritto, perciò s'incrinò e ruppe sotto al mio peso morto. Strak!, fece, e saltarono viti e plastica e compensato. Sbattei il gomito contro uno spigolo e urlai di dolore, peggio, di furore, un urlo bello forte che sconquassò il palazzo fino alle fondamenta. Tutto il palazzo, ma non i timpani di Iside.

Rimasi seduto coi frantumi del tavolo sulle cosce, reggendomi il gomito. Lo massaggiai. Mi guardai intorno. Mi domandai se dovessi ridere o piangere, optai per una sconsolata via di mezzo.

E la mantenni, quella via di mezzo, anche a cena, mentre scaldavo in padella una braciola, mentre ascoltavo senza ascoltare il telegiornale, mentre rigovernavo come un perfetto casalingo, mentre decidevo di non prendere piú farmaci per quella sera, mentre mi passavo una pomata sul gomito e me lo bendavo male, mentre mi spogliavo e mettevo a letto e pensavo che la giornata piú squallida della mia vita volgeva al termine. E, miracolo, forse con quella stessa espressione metà triste e metà divertita, mi addormentai come un sasso.

Il mattino dopo mi alzai tutto sudato di un sudore freddo, la vista appannata, come se avessero abbassato col telecomando la luminosità del mondo. Ombre lunghe e colori grigio-neri, davanti agli occhi una lattiginosa foschia. Un sibilo nelle orecchie, che improvvisamente spariva per lasciar posto a un'orchestra di batterie colpite con violenza dal piú strafatto dei batteristi heavy metal – scarica che poi si sfaldava nuovamente nel sibilo, una nota lunga, stonata, penetrante, insinuante.

Pensai di chiamare un'ambulanza, poi cambiai idea. Mi sarei vergognato troppo, in pieno giorno, con gli occhi di tutto il quartiere addosso.

Però stavo male. Dovevo prendere il Rivotril? Dovevo ributtarmi in corpo lo Zoloft? Meglio logorroico drogato oppure meglio cosí come stavo, sudato, puzzolente, vista annebbiata, nervi motori collassati, cuore che pompava a mille? Cosa dovevo fare?

Se almeno ci fosse stata Lucia. Digitai sul cellulare: «Torna, ti prego, non ho piú un centro senza di te!» Feci per inviarglielo. Mi bloccai in tempo. Lo rilessi. Una cosa cosí deprimente non s'era mai letta. Cosa volevo – farla morire per il senso di colpa? E poi non mi aveva lasciato. Si era presa una pausa. Mi amava ancora – poco ma sicuro. Gesú, sí, avevo alzato le mani su di lei. Non avevo scusanti. Mi vergognavo per averlo fatto. Però lei sapeva benissimo che non ero una persona manesca. Era stato un precipitare di eventi. Non poteva smettere di amarmi cosí. No.

E io la amavo? Ma se solo qualche giorno prima avevo pensato quanto fosse diventato abitudinario e monotono il nostro rapporto!

Stavamo soffrendo entrambi, non solo io. Cancellai il messaggio.

Sospirai. Non riuscii ad alzarmi. La stanza ballava senza musica davanti ai miei occhi. Chiamai il dottor Torcia.

Aveva addosso un cappotto orrendamente arancione. Nella mano, una valigetta di pelle consunta. Sbottonò il cappotto. Misurò la stanza a larghi passi come se fosse su un palcoscenico. Andò a fermarsi davanti alla finestra del balcone. – Mmh, – fece.

– Dottore, – dissi. Quante volte avevo ripetuto quella parola, ultimamente? – Sto male, come vede.

Annuí. – Certo, – disse. Tolse quella cosa arancione. La posò sul letto. Si sgranchí le dita. E, improvvisamente – quasi per miracolo –, divenne molto professionale. Mi visitò.

Torcia che mi visitava. Non me lo sarei mai aspettato. Gli raccontai quello che non sapeva dello sviluppo del mio quadro clinico. Mi tocchettò la schiena, con la penna luminosa scrutò nei miei occhi, pretese che sollevassi le gambe una alla volta. – La sua compagna è via, quindi, – disse mentre mi misurava la pressione.

– Andata. Sí.

Pensò che Lucia mi avesse lasciato definitivamente. – Mmh. Mi dispiace. Ma la vita è lunga. Troverà un'altra, succede sempre cosí –. Scribacchiò sui suoi fogli rossi e bianchi. Ne strappò uno. – Tre settimane, – disse, con un sospiro. – Non sono uno psicologo, anche se conosco la razza umana, e tutti i suoi difetti. Non posso prescriverle nulla – tranne qualche sana dormita e un po' di sano svago. Non si abbatta. Chi piú, chi meno, siamo tutti dei disadattati. Se ha bisogno, mi richiami –. Chiuse la valigetta. Infilò di nuovo il cappotto. Quindi se ne andò.

Controllai che non avesse sbagliato a compilare il foglio per la mutua. Non s'era sbagliato.

Non potevo guidare. Pensai di chiamare mia madre e di domandarle di spedirmi il foglio della mutua. Ma poi pensai alla serie di domande incalzanti cui sarei stato sottoposto. Su che cosa avessi. Su Lucia – perché non è con te? Su chi avesse ridotto cosí il tavolo.

Immaginai di dovermi vestire, di uscire, di camminare fino alla fermata dell'autobus. Terribile.

Era come stare in piena burrasca muniti di una semplice tavola da surf. Tutto era fuliggine attorno a te, tutto era cristallo dentro di te. Eri invaso da una sensazione acida che ti corrodeva le ossa, ti mangiava la lingua, non la potevi spiegare, la potevi solo sopportare, oppure arrenderti. Mollare la presa. Trovare una scappatoia qualsiasi.

Chiamai un taxi.

Raggiunsi la finestra, la aprii e guardai nello sfarfallio del giorno, ascoltai quella nenia stridula che mi sgocciolava nelle orecchie.

Mi domandai – per la prima volta con accuratezza –, mi domandai che cosa mai volesse il panico da me. Era una questione di peccati commessi, di errori madornali, di spiritualità rinchiusa nel tetrapak dell'indifferenza? O dovevo, come aveva suggerito quel noncurante di Caserta, risalire, risalire indietro nel fiume del tempo?

Buttai via lo Zoloft e continuai a prendere gli altri farmaci. Stavo chiuso in casa, tappato, scendevo solo per comprare viveri, per noleggiare film, sempre guardingo, l'espressione allucinata rivolta ai commessi del supermercato, ai ragazzi del Blockbuster di corso Giulio.

In una videoteca piú piccola e sordida in corso Vercelli noleggiavo invece film porno. Li guardavo, guardavo tutti quei seni rifatti, quei cazzi di lunghezza abnorme, quei pompini di mezz'ora, quelle pecorine interminabili, quelle inculate oliose, quelle sborrate in faccia inverosimili, tutto quello stantuffare, quel gridare esagerato, quegli sfiatii, quelle gocce di sudore che colavano dall'attore all'attrice, quello sputarsi in bocca reciproco, quelle trame sceme, quei dialoghi senza senso che intervallavano le scopate, guardavo tutto, le scritte sui divieti imposti dalla legge sulla riproduzione pirata, leggevo le assicurazioni sul fatto che tutti i protagonisti della pellicola fossero maggiorenni, leggevo con attenzione i titoli di coda come se cercassi il nome di qualcuno che conoscevo – e naturalmente non mi veniva duro, neanche un po'. Ogni tanto provavo a maneggiarmi l'uccello, ma niente, era ibernato nella sua indifferenza, si scomodava solo per permettermi di pisciare tutta quell'urina che puzzava di ansiolitici e cibo cattivo e vita sedentaria.

Lucia mi telefonava quasi ogni giorno. Io le riempivo la memoria del cellulare e la casella postale di messaggi. Scrivevo parole accorate, facevo riferimento ai giorni in cui eravamo stati felici – in ogni frase infilavo qualcosa di ricattatorio... come se pensassi che non sarebbe stata mai piú felice senza di me. Lei al telefono mi pregava di non esagerare, cercava di chiacchierare del piú e del meno, mi parlava di certi suoi nipotini che allietavano il suo soggiorno lí.

– Quando torni? – le chiedevo.

– Ancora no.

– E il tuo lavoro?

– Lo sai che siamo in buoni rapporti, io e i capi. Mi capiscono.

– E io? E noi due?

– Mi manchi. Ma ora devo andare.

Incamerai quattro chili.

Mia madre mi cercava di tanto in tanto, mi chiedeva come stessi, io dicevo «una meraviglia, una meraviglia», domandava di Lucia, ma Lucia, nelle mie risposte, era sempre occupata, o fuori con le amiche, o al lavoro. Anch'io, sí, lavoravo, eccome, anzi stavo giusto facendo un riposino dopo tutto quel faticare, grazie tante, ci sentiamo.

E anche a Rosario dissi che stavo bene, quando chiamò. Ma non mi credette, insisté per venire a trovarmi, per una birra insieme, perché andassi a cena da loro. Io accampavo scuse, risposi sempre di no. No no no. Sicuramente Carmen sentiva Lucia, e Lucia li tranquillizzava sulla mia situazione. «Sta meglio, – immaginavo dicesse. – Non preoccupatevi».

Disattivai l'abbonamento a internet – tanto lo usavo solo per cercare cattive notizie sui sintomi delle mie malattie. Una tosse diventava AIDS, anche se non riuscivo a scoparmi nemmeno la mano.

Non mi lavavo granché, quasi mi piaceva puzzare. Le occhiaie divennero buchi blu sulla faccia, piccoli fori i miei occhi arrossati dalle pupille larghe e fisse sul vuoto che mi circondava. La pelle del viso si fece piú squamosa del solito, la lingua era sempre bianca come se avessi appena finito di bere un cartone di latte.

Ero acido, inerme. Per tutto il tempo. Anche quando si presentò il medico di controllo, un venerdí mattina. La stessa voce che avevo ascoltato al citofono qualche settimana prima. Già me lo figurai pronto alla vendetta.

Gli aprii la porta: lui era snello, giovane, sano, pimpante, felice di essere quello che era. Sarebbe morto novantacinquenne con tutte le cellule cerebrali ancora attive.

La casa era immersa nella penombra. Una zaffata di orrore lo fece arretrare un attimo sullo zerbino.

Dovevo sembrargli il tizio che apre il portone in *The Rocky Horror Picture Show*.

– Buongiorno, – raucheggiai. – Entri pure, si accomodi –. E alzai un sopracciglio.

Entrò a labbra strette e naso chiuso. – Come mai al buio? – chiese, la cadenza lombarda.

– Stavo dormendo.

– Può accendere la luce, o aprire le finestre?

– Posso fare entrambe le cose, – dissi. Ma non mi mossi di un millimetro.

Lui intravide l'interruttore sulla parete. Lo toccò col gomito, la luce si diffuse ancor piú macabra del buio nell'ingresso.

– Per di qua, – dissi indicandogli la sala da pranzo col tavolo spezzato, in un mezzo sorriso poco invitante. – Perdoni il disordine, perdoni la puzza di chiuso, perdoni la mia mise, perdoni tutto quello che riesce a perdonare.

Si schiarí la voce, ma ebbe un tremito al ginocchio. Forse s'immaginava nei titoloni della cronaca nera. Un onesto lavoratore ucciso da un folle.

– Vuole qualcosa da bere? – Il lavello era saturo di piatti e bicchieri sporchi. Ormai mangiavo nei piatti di plastica, con posate di plastica, e bevevo a garganella dal rubinetto.

– L'ambiente non è molto... sano, – si decise a dire alla fine. – Può alzare la tapparella?

– Posso, sí –. Ma non lo feci.

Aprí la sua borsa a tracolla. Cavò fuori una cartellina,

senza perdermi d'occhio. – Sindrome da disturbo panico, giusto?

– Eccome se lo è. Giustissimo –. Mi appoggiai al mezzo tavolo.

Lesse per un po'. – Ha visto uno psichiatra? La segue qualcuno?

– Sí. Il dottor Walter Pratesi. Del San Giovanni Bosco.

– Quando l'ha visitata l'ultima volta?

– Oh, l'altro ieri, – mentii. – L'altro ieri ci siamo fatti una bella chiacchierata.

– E cosa dice?

– Miglioro a vista d'occhio. Avrebbe dovuto incontrarmi, lei, solo due settimane fa –. Indicai la stanza, indicai me. – Questo è niente, glielo assicuro.

Aprí con circospezione una stilografica. Scrisse qualcosa su un foglio bianco. – Vive... da solo?

– C'è tutta una storia, se rispondo a questa domanda, dottore. Tutta una storia che preferisco raccontare al mio psichiatra e risparmiare a lei.

Non la voleva sentire, infatti. – Che farmaci assume?

Glielo dissi, aggiungendoci persino il dosaggio e la posologia.

Si guardò ancora intorno. Magari stava pensando di farmi internare. Già m'immaginavo strillare accanto a Bonetti.

– Non si preoccupi per il disordine, – lo tranquillizzai. – Mia madre abita qui vicino. Passerà stasera a darmi una mano. È stata poco bene. È una gran lavoratrice, fa la bidella, faceva anzi, ora è in pensione. Lei non l'ho quasi mai vista malata, sa? Tranne quella volta che a Mappano aveva nevicato e poi gelato e lei tornava in bici e la ruota strisciò sul ghiaccio e cadde, mia madre cadde e sbatté la testa. La portarono a casa e la misero a letto. Io ero bambino. Chiamarono un altro come lei – un dottore – e questo dottore la visitò e mia madre disse di avere una forte emicrania, e il dottore – uno come lei – disse – me lo ricordo benissimo – disse: «Ha l'emicrania perché ha sbattuto la testa, signora». Proprio cosí disse. Un vero luminare in camice bianco. Ma senta – senta cosa le dico: le condizioni di mia madre peggiorarono la notte seguente. Quel gran saputone del suo collega non aveva ordinato il ricovero, le aveva prescritto – parola mia – la Novalgina. Uno sbatte le corna a terra, sulla terra gelata, avrà tipo dieci ematomi grossi come pomodori maturi in testa, e il dottorone, uno come lei o come Caserta, le prescrive la Novalgina. Fatto sta che mia madre peggiora nel corso della notte. Questo me l'hanno raccontato, perché io dormivo. Mi ero fidato, io, del medico condotto. Al mattino mio fratello mi disse che la mamma era stata male, che aveva avuto incubi e allucinazioni. Aveva sognato suo padre, mio nonno pittore, che le diceva cose tipo: «Non è ancora ora, Anna, devi rimanere coi tuoi figli e tuo marito. Resta viva». Inquietante, no? E mia madre aveva aperto gli occhi, aveva obbedito a suo padre, era tornata da noi.

Il medico di controllo era impallidito, voleva togliersi da quella situazione.

– È una storia edificante, no? L'aldilà, l'aldiquà, la Novalgina, i dottori. Io ci traggo una morale, e la morale è questa: se sbatti la testa a terra, chiama direttamente l'ambulanza. Fine della morale.

Le crisi venivano, arrivavano dalla bassa natura delle cose, dallo sporco delle cose, dalla sozzura e dalla vergogna, dalla colpa, dalle magre illusioni tradite – arrivavano e mi schiantavano come da un'altezza siderale. Cascavo giú e – occhi aperti sul vuoto – mi preparavo a morire. E morivo. Una morte di un'ora, di un'ora e mezza. Poi tornavo inutilmente a vivere. La lunga morte passeggera che era il panico durava piú o meno quanto un film. Una o due volte al giorno. Senza preavviso, altrimenti che paura sarebbe? Giorno, notte, prime luci, ultimi bagliori – era lo stesso. Non potevo prevedere il momento. Però sapevo che sarebbe arrivato.

Da Blockbuster, mentre noleggiavo un dvd, mi andò via il fiato. Via. Un attimo respiravo normalmente, l'attimo dopo era come se il mio corpo avesse scordato cosa fossero l'aria, l'ossigeno, l'azoto, l'anidride carbonica, l'utilità stessa dei polmoni: stop. Mi buttai a terra, picchiai col pugno sul pavimento, ma c'era la moquette e nessuno mi sentí. Intanto mi guardavo attorno – nessuno: sceglievo sempre orari di scarsa affluenza, ero diventato un misantropo, la gente mi faceva paura. E avevo paura di farle paura. Pensai che era finita. E che il luogo in cui avrebbero trovato il mio cadavere sarebbe comunque risultato sintomatico di me e della mia breve vita. Come diceva mio padre: «Solo film e libri in quella capa».

Poi, gli occhi incollati al dvd in vendita di *Sette spose per sette fratelli*, ecco che tutto il fiato mi riesplose dai condotti. All'inizio fu una liberazione. Dopo andai in iperventilazione, l'anticamera della crisi di panico. Mi rialzai e corsi, corsi con gli occhi dei commessi addosso, corsi verso la porta blu, la aprii e mi buttai in strada. E corsi fino a casa. Il giorno dopo spiegai ai ragazzi del Blockbuster che avevo ricevuto una notizia incredibile – non specificai quale, e chiesi scusa. Quella volta comprai *Sette spose per sette fratelli* (un film che ormai associo alla respirazione), una pizza, una Coca e dei popcorn – giusto per far capire che ero un tipo a posto. Anche se per tutta la mezz'ora che passai lí dentro ebbi paura di perdere nuovamente il controllo.

Non mi riprese in videoteca, ma al supermercato. Durante la spesa settimanale. Non fu l'assenza di fiato, quella volta, ma un formicolio su schiena e braccia, un senso di estraneità, ogni faccia attorno a me sembrò deformarsi. Mollai il carrello, mi spostai in tutta fretta verso l'uscita, ma questa era sbarrata, dovevo per forza passare dalle casse. Superai i compratori, dissi alla cassiera: – Devo uscire, devo uscire, scusate, – e già stavo procedendo a larghi passi verso le porte scorrevoli quando qualcuno mi posò una mano sulla spalla. Era un uomo in giacca e cravatta, robusto, i capelli rossi, una furiosa pioggia di lentiggini su tutta la pelle.

– Dove va? – chiese, la voce un gracidio.

– Non mi sento bene.

Mi guardò scettico. E dalle casse tutti stavano facendo la stessa cosa: decine di paia d'occhi puntati su di me.

– Sono della sorveglianza antitaccheggio, – disse il rosso, mostrandomi velocemente un tesserino. – Devo perquisirla. Alzi le braccia.

Bruciavo. Stavo sulla piastra rovente della paura, e bruciavo, bruciavo in ogni poro. Mi vennero le lacrime agli occhi. – Non ce la faccio, – singhiozzai.

Quello decise che le mie parole erano un'ammissione di colpa. Mi sollevò le braccia, intento, era il suo momento di gloria in una vita probabilmente del cazzo, sentiva gli sguardi ammirati del pubblico. Lui incarnava la giustizia, era lo sceriffo, era l'inquisitore, era il giudice col verdetto. Tastò, ravanò nelle mie tasche, mi girò di schiena, mi tolse la giacca, cercò chissà che sotto il maglione. – Per favore, – ripetevo io. – Per favore –. La temperatura era scesa dentro di me, ora avevo freddo, ero freddo, freddo e disperato, non avevo nemmeno la forza di incazzarmi, mi sentivo un pezzo di legno nelle mani di un falegname incompetente.

– Non c'è nulla... – disse alla fine, deluso.

Ripresi la mia giacca dalle sue mani. – Idiota, – gli dissi, senza nemmeno alzare la voce. Idiota idiota idiota. Sappi che in un testo del Seicento sulla depressione, *L'anatomia della malinconia*, Robert Burton descrive cosí un episodio di ansia acuta: «Questa paura provoca nell'uomo rossore, pallore, tremito, sudorazione, freddo improvviso, calore su tutto il corpo, palpitazione del cuore, sincopi...» Burton parla anche di sintomi quali delirio associato a depersonalizzazione, iperventilazione, ipocondria, agorafobia, claustrofobia e ansia anticipatoria – quanti pomeriggi avevo passato a documentarmi su internet? – ma nessun riferimento alla cleptomania e alle ruberie in genere. Ora mi domando: se un uomo vissuto nel diciassettesimo secolo, coi pochi mezzi che aveva a disposizione, si sforzava di capire il prossimo, possibile che tre secoli e mezzo dopo, con tutto quello che la cultura medica ha prodotto, possibile che tu sia cosí misero, superficiale e, lo ripeto, idiota, da non capire, o sforzarti di capire, che una persona che si allontana velocemente dalle casse, casse tra l'altro munite di allarme antitaccheggio che ammetterai non ha suonato al mio passaggio, probabilmente ha altri problemi, altre incombenze che quella di rubare una scatoletta di tonno o un dentifricio alla menta in un supermercato, poiché il suo dramma è altra cosa dalle miserie che un addetto alla sorveglianza sorveglia, il suo dramma è piú grande, il suo dramma è mentale, intimo, intrinseco, devastante?

Tornai a casa.

Era anche colpa mia, come negarlo. Del mio aspetto, del fetore che emanavo. Avevo l'aria strana, ero sospettabile di tutto, ci fosse stato un morto ammazzato da quelle parti, sarei stato il primo indagato. Stando alle mie ricerche, a metà del Cinquecento non avrebbero esitato a rinchiudermi con gli altri folli negli ex lebbrosari gentilmente offerti da Santa Madre Chiesa. Negli anni Sessanta, il dottor Giorgio Coda, a Collegno, mi avrebbe sottoposto dopo una sola occhiata ai suoi amati elettroshock. Nulla di che stupirsi, quindi, per una perquisizione ad opera dell'addetto alla sorveglianza di un supermarket. Mi era andata persino bene, anzi.

Il vuoto. La paura e il vuoto. Le telefonate di Lucia. Non c'era nient'altro. La paura di morire e il vuoto attorno a me. L'esistenza altrui divenne un cicaleccio distante. Smisi di noleggiare film, di guardare la Tv, di ascoltare musica, di leggere libri o giornali, di provare a eccitarmi per qualcosa. Passavo intere giornate seduto in poltrona, al buio. Tolsi la batteria all'orologio a muro. A volte non sapevo se fuori era notte o giorno. Solo a volte, perché il traffico era indicativo. Purtroppo. Clacson folli – sette o otto del mattino. Poi una relativa tranquillità, fino al caos della sera. L'ascensore dello stabile – se era in movimento, significava che era giorno. Avevo fatto scorta di cibi in scatola e di pizze surgelate. Torcia mi aveva allungato la mutua di un altro mese. Ero andato da lui, mi ero sorbito le sue cazzate, l'avevo rassicurato sul fatto che stessi seguendo una terapia psichiatrica. Però gli avevo chiesto le ricette per i farmaci, farmaci che avrebbe dovuto prescrivermi non lui ma lo psichiatra. Lui mi aveva scrutato dubbioso, poi aveva riempito i fogli con la sua calligrafia storta, mi aveva augurato una buona giornata.

Ero affogato nel buio, nel silenzio, nell'immobilità. Nella piú completa solitudine. Ero come ritornato nell'utero, e il mio progetto consisteva nel retrocedere allo stato embrionale, fino a rientrare e scomparire nei coglioni del padre morto.

Per un intero weekend non fui colpito a tradimento dalle crisi. Abbassai le difese. E quelle si ripresentarono almeno sei volte a distanza di poche ore. Cosa facevo, come le contrastavo?

Me le sudavo a letto. Me le stringevo tra le mani con le coperte. Me le ingoiavo incandescenti giú per l'esofago e lo stomaco e la pancia. Me le tremavo. Me le piangevo. Esplodevano simili a temporali estivi, poi si allontanavano – attorno a me l'odore della polvere.

Ridevo di me. Piangevo per me.

In quell'appartamento buio, dove non avevo diritto di residenza, nel quale vivevo da solo e, allo stesso tempo, mi sentivo di troppo. Un impostore. Malacarne. Tiravo avanti con i soldi dell'Inps. Non avevo piú alcun rispetto per me stesso.

– Come stai? – chiedeva Lucia al telefono.

– Me la cavo. Quando torni?

Non tornava.

Un giorno pensai di aprire la finestra e buttarmi di sotto. Ma l'idea di rimanere un vegetale, attaccato a qualche macchina, nel ventre meccanico di qualche reparto ospedaliero... No. Quattro piani – troppo rischioso. Ossa spezzate. Una carrozzella a vita.

Avvertivo un peso sulle spalle che pareva schiacciarmi.

Non c'era alcuna differenza tra lo stare là dentro o chiuso in una bara – ero già morto, morto da settimane. E non era stata un'esperienza liberatoria. Solo un continuo, inarrestabile schifo. La quasi-morte, che era un limbo, un nonluogo, e, allo stesso tempo, una stazione in cui attendevo che accadesse qualcosa. Ma non sarebbe accaduto niente se avessi continuato cosí. Vivo per finta, morto per finta, una scadente via di mezzo.

Decisi di uscire, scappare.

Mi lavai, vestii, sorbii cinque gocce di Rivotril. Presi le chiavi della macchina. Aprii la porta, scoprii che era giorno, forse pomeriggio, la luce inondò la mia casa per un attimo, poi la ributtai fuori richiudendo. Gli occhi mi bruciavano mentre scendevo guardingo le scale, appoggiato al corrimano. Le articolazioni delle gambe e della schiena e delle spalle gracchiarono durante la discesa. Dentro di me, una paura furente.

Svuotai la cassetta della posta da un numero infinito di volantini pubblicitari, e lettere e bollette da pagare. La bocca oscena del mondo aveva continuato a masticare il tempo nonostante la mia reclusione.

Guidavo, evitando di guardarmi nei riflessi dei finestrini, evitando di guardare chiunque mi circondasse. L'insegna luminosa di una farmacia segnalava la data della mia evasione. Era maggio e mattino. Ebbi un tremito.

Il dio Pan era mezzo uomo e mezzo caprone, pascolava per le campagne, era lo spirito di tutte le creature naturali, signore delle foreste. Le foreste sono buie, cupe, l'ombra che le invade è abissale, perciò il regno di Pan era un regno spesso pericoloso, terrorizzante. Si adirava di continuo, Pan, perché non voleva essere disturbato – da chi o da cosa non è dato saperlo. Urlava e spaventava chiunque si trovasse nel suo raggio d'azione. Per questo si diffuse il modo di dire «timor panico», era lui con le sue manie a scatenarlo.

Una volta fu visto fuggire a causa della paura che lui stesso aveva provocato.

Secondo Plutarco, Pan fu l'unico, tra tutti gli dei dell'Olimpo, a cui toccò morire.

M'immagino il suo disappunto.

Brutto com'era, con quella testa lanosa e cornuta e quei piedi irsuti a forma di zoccolo; e un tantino stupido, perché nessuno ha mai saputo con certezza che cavolo strillasse a fare.

Scesi dall'auto, osservai la solida costruzione su due piani: quell'arancione troppo carico dei muri che picchiava sugli sguardi, d'estate doveva essere insopportabile; e quel verde intenso, opprimente, con cui erano state dipinte la porta, le serrande, la cancellata che dava sull'orto dietro. Suonai il campanello un paio di volte.

Apparve Tonino. Mi aspettavo il suo sguardo vacuo, il

sorriso sdentato e fesso, la tenuta da contadinotto, la meridionalità dei modi.

Invece era avvolto fin sopra la testa da una coperta marrone, pesante, che stringeva contro di sé con le tozze dita callose; ai piedi un paio di galosce, dentro le galosce una tuta sportiva di angora. Tremava. Sudava e tremava. Gli occhi gialli, febbricitanti, la pelle del viso che tendeva al blu, floscia.

– Toní, – dissi provando pena, e un po' di sconforto. – Sono Christian. Un tuo ex collega: ti ricordi?

Ci pensò su. Aprí con difficoltà un sorriso madido. – Sí. Collè –. La voce catarrosa, come se non parlasse da giorni, da settimane.

– Passavo di qua, – feci. – Volevo salutarti. Disturbo? Stai male?

– Eh –. Diede un'alzata di spalle. – Bene non sto –. Si spostò di lato. – Ma entra, entra.

La casa era semibuia, non sporca né disordinata come la mia, ma congelata in un abbandono discreto, un'agonia compassata. L'aria era stantia, sapeva di caldo rugginoso. Il tavolo sul quale avevo mangiato il mio brodo di pollo era ingombro di cartelle e referti medici, la ballerina di flamenco era adagiata tristemente su una poltrona. Il televisore a trentadue pollici era screziato di lanugine. E anche il Cristo inchiodato.

– Siediti, – disse lui, e con uno sforzo si lasciò andare sulla poltrona dalle rifiniture scucite.

Mi sedetti sul divano, guardai in direzione della finestra; l'orto era piú che trascurato, erbacce e fiori selvatici imbrattavano le coltivazioni che con tanta fierezza mi aveva mostrato quel giorno. I sentieri tra i vari quadrati ormai appena distinguibili. Piante spezzate. L'albero di limoni inclinato nel cielo livido.

Sfff, c'era la morte che soffiava su quella casa e su quel giardino e su quell'uomo, sfff. Fui scosso da un brivido.

Rimanemmo in silenzio per un po'. Non mi veniva nulla da dire.

– Come va al lavoro? – chiese lui dopo quella lunga pausa.

– Io sono in malattia, per adesso. Ma tutto procede come al solito. Sai, no?

Non mi chiese che malattia avessi. Pensava alla sua. Immaginai le lastre della TAC, della risonanza magnetica, osservate e riosservate con attenzione appoggiandole al vetro della finestra, per individuare le macchie, il gettone cellulare imbizzarrito e le sue metastasi.

Guardai le foto in bianco e nero. – I tuoi parenti come stanno? – domandai.

– Meno li vedo e meglio sto. Si fanno sentire solo al bisogno. Sanguisughe! – Buttata fuori quell'esclamazione fu colto da una crisi di tosse che durò quasi un minuto. Ad ogni colpo pareva dovesse vomitare fuori lo stomaco. Si arpionò al bracciolo della poltrona, coprendosi la faccia con la coperta, forse per vergogna.

Io mi sporsi verso di lui, ma non sapevo che fare.

Gli ultimi mesi, mio padre diceva che non gli servivo a niente. Una volta provai a massaggiargli la schiena, le vertebre, l'osso sacro. Mi ci misi di impegno, però di tanto in tanto mi bloccavo e fissavo le mie dita tagliuzzate dal metallo in fabbrica, fissavo la sua carne e immaginavo le propagazioni tumorali nella rete vascolare, la tempesta organica nei tessuti via via sempre piú sfilacciati, la dinamica che da un singolo impazzimento cellulare conduceva all'arresto completo del funzionamento, alla fine della materia e della memoria. In quell'occasione mio padre si arrabbiò, disse che non sapevo usare le mani, mi gridò di lasciar perdere. Disse che avrebbe fatto meglio a crescere un porco che me. Almeno un porco l'avrebbe sfamato.

– Non si può non far niente, – dissi a Tonino.

Si passò un fazzoletto sulle labbra insalivate, mi guardò in maniera interrogativa e stanca al contempo.

Mi alzai. Indicai fuori. – Quel giardino cosí bello –. Scossi il capo. – Non possiamo lasciarlo andare in malora...

Si ridestò un attimo, una luce opaca negli occhi. – Non riesco a starci dietro.

Espressi l'idea nel momento stesso in cui mi passò per la mente. – Tu mi dici cosa devo fare, Toní, e io metto un po' a posto.

– Ma...

– Io non sono capace da solo. E tu da solo non ce la fai.

Solo io. Solo lui. Eravamo soli. E malati. Potevamo darci una mano. Perché no?

– È tutto seccato, – disse lui. Ma si alzò, guardò verso l'orto. – Ci vuole assai sforzo.

– Ho due braccia. E tu sei la mente. Che altro ci serve? Dirigi i lavori, io faccio l'uomo di fatica –. Gli sorrisi.

– Mica basta un giorno.

– Lo so. Ma è primavera. Non hai detto tu che in primavera è bellissimo, il tuo giardino?

Camminò verso la finestra, lasciando ricadere la coperta sulla sedia, un sorriso cauto ma evidente. – Di piú.

– Ci scommetto.

Portai fuori la poltrona scucita e Tonino, tutto infagottato, andò a sedercisi, respirando accorto dal naso. Tutto lo schifo che avevano respirato gli operai della sua generazione – dieci volte quello che era toccato a noi – si era raggrumato in un mostro nero nelle vie aeree, le aveva ostruite giorno dopo giorno e intendeva seppellire sotto il suo strato colloso la vita intera della gente. Tutti quei gas, quegli oli, quella polvere che ti bagnava la faccia e la gola, quelle sigarette fumate per ammazzare il tempo e ammazzarsi diventavano mattoni di un cimitero in continua espansione.

Tonino mi passò i suoi abiti da lavoro (una delle tute blu della fabbrica che nel corso degli anni aveva trafugato), e un paio di stivali che infilai con qualche sforzo – mi andavano stretti di una misura almeno. Nel fare questo non parlammo, sorseggiammo solo un po' di caffè, studiandoci come soldati che dovessero condividere un bunker nell'ultimo mese di guerra.

Mi piazzai davanti a Tonino: – Che devo fare?

Indicò con fatica una porta laterale della casa che l'altra volta non avevo notato. – Vai nel magazzino, prendi il concime.

Ci andai: il locale era ampio, pieno di attrezzi, ben organizzato. Individuai una serie di sacchi grigi sulla destra, dentro una carriola, li controllai, lessi: CONCIME.

Ero completamente disabituato al lavoro fisico, uscendo dal magazzino quasi crollai a terra, trafitto dal dolore ai muscoli addormentati.

– Che fai? – fece Tonino. – Piglia la carriola.

Gli passò un sorriso sulla faccia segnata dal male.

Rientrai, e ne uscii muovendomi un po' incerto con le stanghe tra le mani e la ruota che pareva dirigersi nella direzione opposta a quella auspicata.

– Drizzala!

– Quanto cazzo pesa 'sto concime?

– Tu drizzala!

La assestai, poi proseguii intento verso quel che rimaneva dell'orto, un occhio alla terra e uno a Tonino. Lui non sembrava affatto impressionato dalla mia voglia di rendermi utile, probabilmente si stava domandando che cavolo volessi in realtà e, soprattutto, chi fossi. La ruota gracchiò di ruggine per qualche metro, poi andai a piazzarmi in mezzo alle sterpaglie.

Strappai il sacco del concime e venne fuori una sabbiolina puzzolente. – Con cosa lo fanno? – domandai prima di toccarla.

– Oh, – fece lui, e diede un colpo di tosse. – Con della roba –. Rise. – Ma non lo sapevi? – E si diede una manata sul ginocchio. Guardalo lí, pensai. Prima mezzo morto e ora... risi anch'io.

– Ce li hai dei guanti?

– Da maggiordomo no. Da lavoro sí.

Andai a recuperarli nel magazzino.

– Mentre che butti, tira via pietre e ortiche. E controlla se ci sono squali –. Sghignazzò.

Vabbè. Acchiappai il sacco aperto, infilai la mano nel concime – nella merda – e cominciai a spargerlo un po' in giro.

– Cammina a passi piú svelti, sennò lo butti sempre nello stesso punto e alla fine ci cresce la foresta da una parte e il deserto dall'altra.

– Ho capito –. Camminai nell'incuria dei mesi, strappai erbacce, spostai pietre. Senza apparente motivo – non avevo niente da guadagnarci. Obbedendo agli ordini di un vecchio ignorante quasi cadavere. Sotto un sole non bruciante ma intenso. Ogni tanto inciampavo, mi partiva una bestemmia, Tonino mi riprendeva con: «I santi lasciali santi». Per due ore, senza fermarmi nemmeno a pisciare.

E mi sentii bene. Per la prima volta da mesi.

Guardai in direzione dell'orizzonte. Una linea discontinua, arrestata dalle sagome incombenti dei palazzoni di Druento, dalla provinciale, dalle auto in movimento. Tutta quella umanità in azione, in produzione.

Qui pareva l'Eden.

Non mi resi conto che Tonino era rientrato in casa; adesso riapparve dalla porta, senza giacca né coperta. Si mise le mani a coppa davanti alla bocca, imitò il suono di una sirena. – È ora di mangiare!

Mollai la carriola, i guanti – avevo appetito.

Durante il pranzo – una robusta bistecca con insalata e patate – Tonino mi spiegò quello che ancora dovevo fare. – Adesso tocca che prendi l'aratro, e lí ti fai un po' tosti i muscoli –. Muscoli che mi dolevano, come del resto tutte le giunture, le ossa. Come se mi stessero tirando dalla testa e dai piedi, aspettando che qualcosa in me tornasse a posto. Non era una sensazione cosí sgradevole. Lui parlava, e ogni tanto tossiva e doveva fermarsi per un minuto buono, mentre gli occhi parevano volergli saltare fuori dalle orbite.

Io ero cresciuto a Mappano, in provincia, un paese di agricoltori e allevatori. Ma non avevo mai veramente prestato attenzione al lavoro nei campi, i miei erano venuti nella città delle automobili per cercare lavoro nell'indotto e non nei terreni da coltivare, forse a Nord-Est sarebbero diventati braccianti, ma a Torino ci venivi per le catene di montaggio, per la Fiat. Una volta salito sul treno espresso che da Taranto portava fin qui, era come se fossi marchiato, avevi fatto la tua scelta e quella scelta prevedeva lamiere, produzione, piccole fabbriche, industria, tute blu, turnazione, mensa e brutte malattie alla pelle. – Cos'è esattamente un aratro?

Lui dapprima non mi sentí. Era occupato con forchetta e coltello: mi resi conto solo allora di quanto fosse debole, mentre tentava di tagliare la bistecca con scarsi risultati. Mi venne quasi spontaneo allungare le mani e tagliarglielo io, un boccone decente, ma pensai che si sarebbe sentito offeso. Gli guardai con neanche troppa attenzione la pancia, le braccia, il collo. Era dimagrito di diversi chili.

Tonino riuscí finalmente a venire a capo del pezzo di carne e a portarselo alla bocca.

Ripetei la domanda.

– Non lo sai? – quasi gridò, il brandello di bistecca tra i denti.

– Sono figlio di un'altra epoca.

Lui si diede una manata in fronte, sorrise, fece per prendere il bottiglione di vino, io lo anticipai, gli versai da bere. Sorseggiò, mi figurai il boccone masticato scendergli nella gola, perdersi in tutto quel casino che doveva essere diventato il suo stomaco. – Che mestiere fa, tuo padre? – chiese.

Non mi andava di dirgli che era morto. C'era già troppa morte in quella casa. – Monta cartelli pubblicitari e le paline degli autobus, aggiusta la segnaletica stradale. Per un'azienda.

– E non ce l'ha un orto, un giardino, un campo?

Nella visione del mondo di Tonino tutti quelli di una certa età con un filo di sale in zucca dovevano possedere il loro anche piccolo e modesto appezzamento di terreno. Altrimenti che avevano campato a fare?

– Sí, a Taranto abbiamo una casa. Davanti mio padre ci ha fatto il suo orticello. Poca roba. Gli basta un rastrello, mica gli serve l'aratro.

La casa di Taranto. Negli ultimi anni la sua azienda lo aveva mandato a lavorare in Puglia. Su sua richiesta. Perché la vita con noialtri lo stufava. Lo stufava mia madre, con i suoi assilli. Lo stancavamo noi, con la nostra giovinezza fin troppo invadente. Preferiva starsene a San Vito, a pochi minuti dal mare, le case accanto abitate dalle sue tre sorelle che lo servivano e riverivano manco fosse un Dio. E forse lo era, o lo era stato a suo modo – un modo che io non conoscerò mai. Era una casa costruita male, piccola, squallida. Mio padre l'aveva allargata abusivamente di una stanza, ricavata col materiale della sua azienda: ferro, plastica, vetri. D'inverno il freddo ti abbracciava fino allo stordimento. D'estate diventava una cappa, le mosche morivano da sole, tramortite dall'afa. Una casetta bonsai piena di letti quando arrivavamo noi per godercela in luglio e agosto. L'impianto idrico era un macello, i primi anni dovevamo allacciarci a quello di uno zio taccagno che pareva controllare il nostro flusso dell'acqua al millilitro, imprecando in dialetto. Sul retro mio padre aveva tirato su un capanno per gli attrezzi. Lavorazioni per progetti personali mai portati a termine. Scheletri di idee. E un bancone di cui custodivo un ottimo ricordo, visto che in una notte di luna lí sopra avevo scopato inaspettatamente con una ragazza di Bari. L'orgoglio della casetta era però l'orticello, appunto. Mio padre ci metteva sentimento nella coltivazione delle sue primizie. Innaffiava tutte le sere. Ripuliva dalle erbacce infestanti. Tra la cancellata e il muro di cinta stese un'amaca, sulla quale andava a sdraiarsi di tanto in tanto – forse non quanto avrebbe voluto, sotto l'ombra e gli aghi cadenti di un pino. Ma anche lui era un po' malaccorto, non proprio il miglior contadino in circolazione, e un anno piantò un albero che, crescendo a dismisura, impennò la cancellata con le sue radici tentacolari. Mio padre però non avrebbe assistito a quello scempio. Non vide il tetto della casa abbattersi sotto l'incuria del tempo, né il suo orto decomporsi sotto le sterpaglie. La camera abusiva sprofondare nel terreno. Il pino spezzarsi contro il palo recante il teschio della morte, dopo una lotta all'ultimo sangue coi fili della luce.

No, non gli toccò tale dispiacere in una vita di dispiaceri. Si spense a mille chilometri di distanza, in una comune sala d'ospedale, alle sette di un mattino di maggio. L'orto di Taranto solo un ricordo vago sfasato galleggiante per l'ottundimento dell'ultima dose poco efficace di morfina.

Nonostante i tentativi piú o meno sensati di mia madre, non eravamo ancora riusciti a disfarci del terreno e dei calcinacci di quella casa: nessuno andava a constatarne le condizioni, era ricettacolo di malattie, i bambini che ci giocavano attorno la chiamavano la Casa dei Fantasmi, i nostri parenti provavano ribrezzo per noi e per come avevamo trattato la memoria del loro amato zio-fratello. Ma io avevo riflessioni molto meno macabre: nelle notti di luna piena mettevo da parte la Casa dei Fantasmi e ciò che quel posto ora era diventato – il mausoleo di una vergogna, la dimora del fantasma deluso di mio padre – e ricordavo il bancone sgombero come una zattera sotto la luce opalescente, il corpo sinuoso della ragazza barese che si muoveva sopra il mio, gli ansiti, gli sfoghi, la liturgia del piacere, e avevo di nuovo diciotto anni, la mia vita era un interrogativo che quella notte e quel corpo cancellavano e riscrivevano, il mio futuro non sapeva niente di crisi di panico e benzodiazepine, tutto era eterno, tutto era effimero, mentre mio padre, a poca distanza, dormiva e sudava nella camera abusiva a quaranta gradi all'ombra.

L'aratro stava nel garage accanto alla Seicento di Tonino: era una bestia di acciaio e legno, l'avevo visto in qualche film, ma non immaginavo che fosse cosí lungo, grosso e pesante. Aveva la forma di un cane poggiato sulle zampe con una doppia coda all'insú, un cane scheletrico e tutto intento a annusare il terreno. Le zampe erano ruote. Con fatica e scetticismo Tonino mi spiegò cosa fossero la bure, il coltello, il vomere, il versoio e le stegole. Quando ebbe terminato la spiegazione, afferrò i manubri emettendo un grugnito, e uscí dal garage all'indietro. L'aratro si spostò in un cigolio annoiato figlio dell'inutilizzo, della ruggine.

– Aspè, – gli dissi. – Dài a me.

Le vene del collo gli pulsavano sotto la pelle, tracciando intermittenti linee diseguali.

Lo scansai e afferrai le stegole. Sollevai il timone sfiatando fuori tutta l'aria che avevo nei polmoni, mentre i muscoli del trapezio cominciavano a bruciarmi. – Cazzo! – mi scappò.

– Ce la fai, collè?

Annuii, buttai fuori un: «Tranquillo, Toní» che parve già alle mie orecchie come il verso di un agonizzante, poi direzionai la bestia verso il terreno e spinsi. Nei primi metri l'aratro non ne volle sapere, e fui tentato di spingerlo coi piedi e con le ginocchia. Ma sentivo su di me lo sguardo del vecchio, sentivo di essere sotto esame, e avvertivo anche un'altra sensazione: volevo, dovevo farcela. Mostro di merda, pensai, io ti comando, io ti ordino di eseguire la rozza mansione per la quale sei stato progettato e costruito millenni fa. Forza! E l'aratro, dopo qualche resistenza, dovette obbedirmi, perché ero un essere pensante e lui un mero esecutore.

Mi girai verso Tonino. Era tornato a sedersi sulla poltrona scucita, le braccia penzoloni. Mi sorrise. – Pesa, eh? Meglio. Ti fai piú forte e sano. Poi le femmine te le rigiri con una mano sola! – E rise sonoramente.

Ripensai alle ultime settimane trascorse in casa, al mio cervello che abbassava la saracinesca sul mondo, al mio corpo che s'inflaccidiva, alle mie speranze – qualunque fossero – che se ne andavano a stare in uno spazio-non-spazio a una distanza che sarebbe aumentata di giorno in giorno in maniera esponenziale se non mi fossi staccato da quell'inedia. Ora, invece, nel campo di un vecchio malato, manovrando un aratro che tagliava, sollevava, spostava la terra concimata, sotto il sole e in faccia una brezza, avvertivo qualcosa – non sapevo cosa, ma qualsiasi cosa fosse mi fece sentire di nuovo potenzialmente vivo.

– Sei storto! – annunciò Tonino.

– Stavo pensando!

– Pensa quando dormi!

Se la rideva. Mi raddrizzai con le ruote. Entrambi, dopo pranzo, ci eravamo imbottiti di farmaci. Lui mi aveva fissato versare le gocce di Rivotril nel bicchiere, io avevo fatto altrettanto quando aveva ingollato due pastiglie blu e una rossa. Poi ci eravamo scambiati un cenno d'intesa tipo quelli che ci mandavamo senza senso da pressa a pressa con gli altri ragazzi, avevamo sbuffato e annuito, come a dire: «Cosí vanno le cose, per adesso. Domani chissà».

Spinsi l'aratro fino all'albero, lasciai andare le stegole con un gemito, le spalle scrocchiarono di liberazione e nostalgia della poltrona. Mi voltai.

– Piú o meno, – fece lui, pascià sul trono. – Si può sempre fare meglio. Ma come prima volta... diciamo che hai fatto un mezzo schifo.

Stavo per rispondergli per le rime, quando fu travolto da una lunga serie di colpi di tosse. Non sapevo se continuare a guardarlo, se prestargli un qualche tipo di aiuto, oppure se girare l'aratro e riprendere la sfacchinata senza proferir parola. Optai per quest'ultima soluzione. Riafferrai i manubri, diedi una drizzata a ruota e bure, poi tornai verso la casa. Ogni passo si fece piú affannoso, e l'affanno divenne a un certo punto il mio stato cronico: sotto di quello, in una profondità vaga e inesprimibile, sentii covare un dolore misto a gioia.

Mentre ero a metà del percorso, un uccello nero si appoggiò al terreno, beccò il concime e, dopo avermi mollato uno sguardo altero, si librò in volo.

– Merli della malora! – gridò Tonino, che s'era ripreso un attimo.

Mi tornarono in mente i campi coltivati di Mappano. E le sagome nere inquietanti e immobili al centro di quei campi, all'imbrunire. Gli spaventapasseri e i clown al circo e in Tv: non c'era nulla che mi terrorizzasse maggiormente. Per me erano l'essenza stessa del Male, il pericolo con fattezze ridicole.

Dalla testa presero a scendermi gocce di sudore su tutto il corpo, che irrorarono la maglietta blu dell'azienda, il dietro dei calzoni. Raggiunsi la casa, mollai la presa. Controllai quello che avevo combinato: non perfetto, ma migliore del precedente.

– Mm, – fece Tonino. – Cominci a drizzarti. Prima di Natale mi arrivi preciso.

Ero sfatto di stanchezza e, allo stesso tempo, mi sentivo bene. Avevo finalmente realizzato qualcosa di concreto, tangibile – avrei potuto stendere la mano e toccare la terra, i punti in cui il mio intervento – seppure dilettantesco – aveva determinato una nuova geometria, un nuovo colore, un nuovo odore – fosse anche l'odore di merda del concime. Mi sedetti accanto a Tonino. La tosse lo aveva tramortito, ma quando gli avevo detto di rientrare, non aveva voluto saperne. Pensai ai fogli dei responsi medici, a quello che si prova quando la morte non è piú un'astrazione fastidiosa ma una certezza a pochi passi da te. Quel burrone. La sensazione della fine, l'inutilità di guardare avanti, la tentazione di tirare le somme e l'imbarazzo di constatare di avere affermato assai poco se stessi, attraverso un'esistenza quieta ma a rimorchio di altre piú interessanti.

Calava il buio, e Tonino se ne stava nella sua coperta, lo sguardo congestionato.

– Devo andare, – dissi.

Annuí quasi impercettibilmente. Però chiese: – Domani torni?

– Domani torno. Voglio finire quello che ho cominciato qui.

Mi figurai il resto della sua giornata, e fui quasi soffocato da un senso di scoramento, da un'apnea di inadeguatezza che mi fece male.

– Vado, – dissi. Ero sporco, andai a cambiarmi nel magazzino. Feci per salutare Tonino con la mano: ma non mi avrebbe visto – chiuso nelle spalle, fissava l'aratro.

Lucia aveva lasciato un messaggio in segreteria: «Spero vada tutto bene, – diceva con tono apprensivo. – Richiamami». Rimisi il telefono in tasca, forse l'avrei chiamata piú tardi, forse no. Oramai era fisicamente lontana da due mesi. Dalla mutua era passata all'aspettativa, senza stipendio fino al rientro. Giorni prima le avevo chiesto che intenzioni avesse con me, col lavoro, con Torino: voleva mollare tutto? «Ancora non lo so», mi aveva risposto. E m'ero sentito morire. Dopo tutto quel tempo – ancora non lo sapeva!

Non volevo tornare a casa, dentro quella disperazione di schegge conficcate nella carne. Me ne andai a zonzo per un po', parcheggiai in piazza Stampalia, mangiai un pezzo di pizza al trancio seduto su uno sgabello in un locale piccolo e oleoso. All'ultimo boccone sentii un tocco alla spalla, mi voltai.

Era Mirko. – Mi pareva che fossi tu, – sorrise.

– Ehi –. Ricambiai il sorriso pulendomi le labbra col tovagliolo. Guardai l'ora. – Attacchi con la notte?

– Sí. Come stai? Hai messo su chili, mi sa.

– Qualcuno.

Era nella lista delle persone che non avrei mai voluto rincontrare, e naturalmente eccolo lí – lo sguardo che si soffermava su ogni parte di me. – Ti volevo chiamare.

Alzai le sopracciglia, sorbii un sorso di aranciata, pensai a come liberarmi di lui nel piú breve tempo possibile.

Nel silenzio imbarazzato ordinò un trancio di pizza, disse: – Non ho cenato, – tanto per parlare.

E tanto per parlare io gli chiesi come stessero gli altri colleghi, rimanendo sul vago, senza nominarne nessuno.

Stavano tutti bene, rispose lui, addentando la pizza e poi lasciando il boccone a metà per soffiarci sopra, buttando un'occhiata inviperita al magrebino che gliel'aveva servita cosí calda. Tranne Saverio, quello dell'assemblaggio, che stava morendo – lo sapevo?

– Sí.

Intanto pensavo agli anni passati con Mirko dentro la fabbrica, e fuori, alle chiacchiere, alle confidenze, agli abbracci virili, e a una volta in particolare in cui avevamo detto che saremmo invecchiati insieme in mezzo a tutte quelle lamiere, io lui Rosario, sempre piú curvi e grigi e rimbambiti e acciaccati, e a come avevamo sghignazzato rendendoci conto, in fondo, che non sarebbe stato poi cosí triste perché avremmo potuto contare – ma questo non ce l'eravamo detti, era rimasto sottinteso –, avremmo potuto contare l'uno sull'altro, fanculo il resto.

– E tu? Come va con quel tuo... problema? – si decise a domandare alla fine.

Mi tremarono le gambe. Dovevo ancora prendere il Rivotril, era già tardi, me n'ero scordato. – Meglio, molto meglio.

– Ti segue qualche psicologo? – E addentava, succhiava, masticava. Gliene fregava davvero qualcosa? Oppure tirava fuori domande da copione giusto per mostrarsi interessato? Ricordavo il suo sguardo di qualche tempo prima al McDonald's, la paura del contagio.

Annuii. – Sí –. Poi, non so perché, glielo dissi: – Be', ma perché alla fine non mi hai chiamato? Com'è che volevi farlo e non l'hai fatto?

Si passò il pollice sul labbro, portando via del pomodoro che stese sul tovagliolo. Non se l'aspettava. E il mio tono lo aveva un po' scosso. – Magari, mi sono detto, non gli va di parlare...

– Potevi verificare. Se ti avessi mandato a quel paese, allora avresti avuto ragione. Ma se non chiami...

Guardò in direzione del magrebino che stava con la schiena appoggiata al forno, disinteressato, le braccia incrociate, una nuda nota di stanchezza sulla pelle olivastra. – Non sapevo cosa dirti –. Mollò la crosta della pizza nel piatto di plastica. – Ti ho visto male, quella sera in fabbrica.

– Ti ho spaventato.

Tornò a guardarmi. – Non è questo.

– Sí che lo è.

– Vabbè. Forse. Ma che c'entra? Vediamoci sabato, dài.

– No. Lascia perdere –. Mi alzai.

– Chri...

Pagai, attesi il resto, Mirko smontò dallo sgabello.

– Oh, Chri, dài! – Mi appoggiò una mano sulla spalla.

La lasciai ricadere, senza impeto. – Non preoccuparti –. Non saremmo piú invecchiati insieme, tutto lí.

Una crisi spezzò in due la mia notte, il mio sonno agitato. Tirai via le coperte e, il respiro affannoso, mi misi seduto e m'impegnai a contrastare quella sensazione. Era la prima volta che rispondevo al suo attacco. – Non rompere le palle! – quasi gridai. – Vattene, io non ho niente, tu non sei niente. Sono stanco, e devo dormire. Levati di torno, sparisci e non tornare... io voglio stare bene! – La mia malattia, la mia dannazione restò come stordita dalla mia reazione veemente. Ma non volle saperne di mollare la presa. M'inchiodò le gambe, aumentò i battiti del mio cuore fino a farmeli quasi esplodere nella testa. «Vinco io», parve ghignarmi nelle orecchie.

– No! – risposi. E staccai i piedi dal pavimento, controllai la respirazione inspirando col naso e espirando con la bocca. – Tu perdi. Tu te ne vai affanculo. Io sono stanco, e tra poche ore devo andare ad aiutare un amico che sta male, voglio mettergli a posto il giardino, voglio che passi i suoi ultimi giorni guardando maturare le nespole e le melanzane. Ho preso un impegno.

Ed eccomi: un ventisettenne che grida al nulla nelle ombre piú fosche della notte, deciso a non arrendersi, pronto alla battaglia coi pochi mezzi a disposizione, addosso soltanto il coraggio e la speranza che il coraggio serva davvero a qualcosa nella vita.

Durò tre quarti d'ora, la lotta: a ondate. Vinceva il panico, vincevo io, tornava a vincermi lui, io lo ricacciavo indietro.

Parlavamo. C'insultavamo. Lui voleva la mia anima unicamente per trastullarcisi. Non era una questione fondamentale – mi voleva insieme a chissà quanti altri nel suo girone infernale, gli interessava solo fare numero, ampliare il suo regno. Però io non volevo essere il numero di nessuno. E il panico s'incaponiva.

Non accesi la luce, non ingollai benzodiazepine. Era uno scontro, e non intendevo scappare. Gli ultimi attacchi li subii da sdraiato, sotto le coperte, la testa fredda. E a quanto pare li respinsi, poiché mi addormentai fino al mattino.

Guidai in direzione di Savonera preoccupato per le condizioni di Tonino. E se me lo fossi ritrovato morto nel campo arato? Che avrei fatto in quel caso?

La provinciale era sgombera, però guidai piano, con accortezza, perché era la stessa strada che portava allo stabilimento della mia fabbrica, fabbrica che non vedevo e non volevo vedere da mesi e nella quale ero considerato «assente giustificato per malattia». Naturalmente, se quel giorno l'Inps avesse spedito un medico di controllo, non avrebbe trovato nessuno, e sarebbe scattata con ogni probabilità la lettera d'ammonimento, seguita poco dopo da quella di licenziamento. E allora non avrei piú saputo come mantenermi...

Mi fermai a un semaforo, il nero della mia Panda che si faceva chiassoso in tutto quel deserto. Mi sentivo scrutato da telecamere nascoste, le cui immagini venivano proiettate direttamente nell'ufficio del capo del personale, Radelli, che individuandomi sui monitor interni mentre sbocconcellava un panino annuiva, alzava il telefono, diceva a un misterioso interlocutore: «È proprio quel rotto nel culo di Frascella. Finalmente l'abbiamo beccato! Avverti la previdenza sociale».

Mi morsi un labbro. Poi l'altro.

È morto, mi dissi. Al verde, schiacciai l'acceleratore. Morto, pensai. Lo troverò morto.

Ebbi paura, cominciai a tremare, svoltai nei vialetto della casa dai colori osceni.
Corsi alla porta, suonai, suonai. Niente. Era morto. Tonino era morto.
Mi misi seduto sui gradini e cercai di contrastare la paura e l'orrore come avevo fatto la notte prima, un colpo a me e uno al mio avversario, fino a che, sperai, uno dei due non avrebbe mollato. Ma niente. E poi mi dissi: «Perché non corri?» Non avevo mai tentato di affrontare il terrore correndo, mi ero sempre rinchiuso in casa o in un ospedale – perché non provare a fare qualcosa di anche solo blandamente attivo?
E allora fu la forza della disperazione ad aiutarmi: mi tirai su appoggiandomi alla porta, col mondo che mi si scuoteva sotto le suole, e si abbassava, e s'impennava, stavo in piedi sulla solita tavola da surf nel solito burrascoso mare aperto. Riuscii a mettere un piede davanti all'altro, riuscii a camminare – storto, ubriaco di paura, uno zombi da film – e poi a raddrizzarmi (o erano i miei occhi ad aver trovato un ordine visivo), e poi ad allungare una gamba, l'altra, passo ampio e dopo, sí, movimento di braccia e bacino, stavo correndo, male ma stavo correndo, correvo, girai attorno alla casa con una schifosa falcata da artritico, però ci riuscivo, ce la facevo, girai un altro angolo, sorrisi...
E mi trovai di fronte Tonino, la coperta attorno al collo, lo sguardo stupito.
Tonino che disse: – Dove minchia te ne corri, collè?

Insistette per farmi fare colazione. – Hai una faccia da cadavere che manco la mia tra un po', – e mi piazzai sul marciapiede davanti all'orto con una coppa di latte caldo in una mano e un pacco di gallette nell'altra. Quando me l'ero visto vivo davanti agli occhi, mi era passata qualsiasi forma di panico, ero stato sul punto di abbracciarlo.
Tonino venne a sedersi, in mano reggeva un rastrello,

me lo depositò lí accanto. La poltrona scucita sbuffò quando ci si lasciò andare. – Come ti senti? – chiese.

– Bene. Tu?

– Tiriamo avanti –. Guardò l'ora sul suo orologio da polso, lo stesso che indossava in fabbrica: immaginai gli ingranaggi pieni d'olio emulsionante, e osservai le lancette che avevano percorso in cerchio il tempo degli uomini migliaia di volte e che un giorno, tra non molto, avrebbero proseguito il loro giro da qualche parte in un cassetto fino ad arrestarsi. – Oggi dobbiamo pareggiare la terra con questo, – e indicò il rastrello.

Io mi alzai, andai nel magazzino per infilarmi la tuta sporca del giorno prima, invece ce ne trovai una pulita, la indossai, ritornai nell'orto, inspirai l'odore della terra, dissi: – Cominciamo! – e acchiappai il rastrello.

La terra era grumosa in alcuni punti e friabile in altri, coi denti del rastrello tracciavo vie verticali e guardavo Tonino che annuiva, emetteva grugniti di approvazione oppure mi ordinava di metterci piú grinta e a volte ridevamo.

A tavola parlammo poco. Poi, quando si alzò per preparare il caffè, imprecò per un dolore che lo trafisse al petto, quasi cadde, riuscii ad afferrarlo prima che crollasse sul pavimento, lo tenni fermo e lui si aggrappò saldamente a me e ci ritrovammo a fissarci negli occhi. I suoi si riempirono di lacrime, io lo guidai fino al divano, gli dissi: – Coraggio, stai tranquillo, adesso passa –. Lui indicò dei farmaci nella dispensa, gliene passai uno senza volerne leggere il nome; inghiottí due pillole con un bicchiere d'acqua, disse: – Che fatica, che strazio, – e si premette la mano chiusa a pugno contro la bocca.

Quando mi parve che si sentisse meglio gli domandai: – Ma perché non c'è nessuno dei tuoi parenti con te? Che cavolo!?

Lui, come la volta precedente in cui mi ero avventurato in un discorso simile, fece il gesto di sputare a terra, quasi a dire che gli faceva schifo parlarne e non solo, anche pensarci. Ma davanti al mio insistito sguardo interrogativo, con una smorfia rispose: – Tengo un fratello a Trapani. Un omuncolo, feccia. Lui, la moglie e i quattro figli.

– Che ti hanno fatto?

Sospirò. – Si vendette i terreni di mio padre e mia madre per via del gioco. Quei due disgraziati erano vecchi, e firmavano tutte le carte che quello bellamente ci metteva davanti. Da un anno all'altro non rimase niente dei loro campi. Tutto perduto ai cavalli. Tutto il sangue dei miei antenati! E né la moglie né i figli mi fecero sapere niente. Da allora sono come morti per me.

Preparai io il caffè. Lo sorseggiammo piano.

– Ti senti meglio? – chiesi dopo un bel po'.

– Sí –. Poi aggiunse: – Il mondo è lercio.

Di nuovo fuori, mi accesi una sigaretta e mi tenni a distanza, non lo avevo visto fumare in quei due giorni. Tonino fissò la sigaretta per un po', piú desiderandola che disprezzandola. La spensi. – Perché non ti fai ricoverare, Toní?

Stornò lo sguardo. – Ho visto dove tengono quelli malati come me. Le stanze sono piene di cristiani, e c'è puzza. E buio. Almeno qui sto in pace e respiro al sole. Che vuoi – che muoio in ospedale?

La tosse se lo prese per cinque minuti buoni. In petto aveva catene che si attorcigliavano attorno ai polmoni. Alla fine mi guardò, le occhiaie blu. – Domani non venire. Grazie di tutto, ma tanto è inutile. Non faremo in tempo –. Si alzò. Fece un gesto di saluto. – Grazie ancora, collè, – disse in un soffio. E sparí chiudendosi dietro la porta.

Pensai di richiamarlo, di raggiungerlo. Ma sapevo che aveva ragione.

– Buona fortuna, – dissi, e mi sentii soffocare. Poi guardai la terra, la guardai con rancore. Un lavoro di due giorni completamente inutile. C'era un principio e nessun indizio di una fine – come in quasi tutte le faccende della mia vita. Avevo ridestato la speranza in un vecchio morente, e poi avevo assistito alla scomparsa di quella speranza. Nient'altro.

Strisciai con violenza il piede sulla terra. La terra si sollevò solo un attimo, finendomi nelle narici.

Alle telefonate di mia madre continuavo a rispondere che tutto andava bene, oh sí, tutto benissimo – Lucia lavorava, certo, e anch'io e insieme ce la cavavamo, non doveva preoccuparsi. Mi chiedeva quando sarei passato a trovarla e io rispondevo che i turni in fabbrica erano terribili, che l'azienda aveva problemi di produzione e che io e molti altri avremmo saltato le ferie di agosto per tenere in movimento le linee. Anche se Lucia non avrebbe voluto lasciarmi solo durante le vacanze, io l'avevo convinta ad andare a riposarsi un po' dai suoi a Palermo, sarebbe partita, stava partendo, era partita, era già lí. Non m'inteneriva l'atteggiamento di mia madre – era sempre molto affettuosa con i figli che sparivano da casa per un lungo periodo. E, in quell'agosto, ascoltavo la sua voce, il suo impetuoso accento tarantino, e con la memoria riandavo a quando avevo cinque anni, i miei fratelli maggiori tutti a scuola la mattina, lei e mio padre al lavoro, nessun soldo per potersi permettere qualcuno che badasse a me, nessun parente disposto a prendermi in casa per quelle poche ore – e io da solo nella camera dei miei (che era anche quella dei figli piú piccoli, in una promiscuità che ancora adesso mi stomaca), una tazza di latte e biscotti, la Tv accesa, seduto sul letto dalle otto e mezza all'una meno un quarto, piccolo, indifeso, spaventato da ogni rumore giú in strada, giú nell'androne, per le scale, dietro la porta, spaventato a morte – era germinato anche lí, in quei mesi di prigionia invereconda, il fiore fetido del panico? –, un vasetto per pisciare, qualche figurina da appiccicare all'album dei supereroi che riuscivano a distrarmi con le loro plastiche imprese, soltanto cinque anni e già infettato dalla paura – ascoltavo la voce di mia madre in quell'agosto e provavo ancora rabbia, e sapevo che quella rabbia non sarebbe scemata mai, sapevo che avrebbe accompagnato con la sua stridula nota di sottofondo la mia relazione con lei e, di riflesso, quella col resto del mondo.

Poi parlavo con Lucia. Ripetevamo piú o meno le stesse cose – si cominciava con i saluti e, dopo un po', io chiedevo, o a volte pretendevo, che tornasse. Mi scappava qualche frase di troppo. Riagganciava. La tempestavo di sms per scusarmi. Accettava le mie scuse. Mi chiedeva dei farmaci, dello psichiatra. Io dicevo che andava tutto benissimo, i farmaci erano portentosi, Caserta un luminare. Domandava come me la cavassi coi soldi. Bene, spendevo poco. Quando sarei rientrato al lavoro? Presto. E tu?

Mangiavo a tutte le ore. Una fame colossale. Una fame che mi svegliava di notte, lo stomaco che reclamava – m'infilavo in cucina e, nonostante avessi mangiato di tutto a cena, eccomi lí a cuocermi uova alle due del mattino, o a prepararmi una tazzona di latte caldo in cui sbriciolavo biscotti e inzuppavo brioche, o a scaldarmi centocinquanta grammi di pasta sapientemente messa da parte a cena. Ingredienti preferiti: burro e panna. Disciolti in padella, scorrevano a fiumi nella mia modesta cucina. Sbranavo tutto, con aggiunta di pane. Ingollavo Fanta o Coca-Cola. Caffè d'orzo iperzuccherato. In casa c'erano trentacinque gradi, e io avevo fame. Ventilatore acceso, finestre socchiuse, mangiavo e sudavo, lordando la maglietta bianca di sughi e traspirazioni ascellari. A farmi compagnia, le pubblicità dei telefoni erotici in Tv.

Un mercoledí di agosto, appena uscito dalla doccia, notai che al posto dell'ombelico s'era formata una sorta di piscina. La pancia piatta di un tempo era stata sostituita da una protuberanza flaccida. Montai sulla bilancia, segnava 83 chili. Prima delle crisi ne pesavo 72. Ero ingrassato di undici chili in sette mesi. Incameravo la media di un chilo e mezzo al mese. Quasi quattrocento grammi a settimana. Cinquanta grammi al giorno.

Mi sedevo nudo sul divano e osservavo i rivoli di grasso, le gocce di sudore pendermi dai capezzoli e poi crollare sulle cosce. Guardavo il mio cazzo molle, un'appendice di carne addormentata, pensavo che sarebbe stato interessante mettermi alla prova con una donna; una donna che però non ridesse se mi fosse capitato di fare cilecca; magari una del mestiere – perché no? Una puttana che non mi mettesse fretta, un poco comprensiva, persino dolce: quanto costava la dolcezza?

Squillò il cellulare. Immaginai fosse mia madre. O Lucia. O Rosario. In quest'ordine. No, era un numero sconosciuto.

– Sono Radelli, – disse Radelli quando risposi. Eccoci giunti al capolinea, compresi. Me lo immaginai seduto alla sua scrivania, la virgola della cravatta scentrata sul torace.

– Salve.

– Frascella, chiamo per avvertirla che lei ha superato i mesi canonici nei quali è consentito consecutivamente restare in malattia –. La voce disumana. – Ma non solo. Ci risulta non ricevuto l'ultimo foglio della mutua. Che doveva coprire le... ultime due settimane. Ce lo ha spedito?

– No.

– E perché?

– Me ne sono dimenticato. Faccio confusione.

– Mi dispiace, – disse, ma mica gli dispiaceva, – però, stando alla legge che regolamenta il rapporto di lavoro, lei è in difetto, e quindi noi potremmo procedere al licenziamento.

Un freddo si scavò la sua nicchia nel petto. Poi si allargò, divenne un ghiacciaio.

Era cosí che finiva, dunque. Anni a stampare lamiere, turno di giorno, turno di notte, turno pomeridiano, i pezzi vanno bene, i pezzi sono «segnati», siamo indietro con la produzione, siamo avanti di quattro, siamo precisi, infila la tuta blu pulita, togli la tuta blu unta, cammina nel fango per cercare il bancale di fogli di lamiera per la nuova produzione, vai in magazzino, vai in pausa, trecento pezzi e chiudiamo, mille pezzi e stop, cerca il carrellista, fuma tra un pezzo e l'altro, aspira olio emulsionante, sirena della prima pausa, sirena del pranzo, della cena, dello spuntino notturno, guida per quindici chilometri, prenota le ferie con cinque mesi d'anticipo, le partite di pallone in cortile per tenersi svegli nella mezz'ora di pausa, le telefonate alle mogli per ricordare loro che esistiamo ancora, ché un operaio sa amare come un poeta solo che magari non trova le parole adatte ogni volta, il giorno della busta paga ognuno scruta quella degli altri e nasconde la propria, perché tu hai guadagnato diecimila lire in piú, il sabato pomeriggio a casa felice, la domenica sera un brivido di nostalgia ti addormenta fino al lunedí lavorativo, magari corri dal dottore e pietisci tre giorni di malattia, quel collega che si è tranciato un dito, quel collega che si è fratturato un polso, quel collega va in pensione e facciamogli il regalo, stiamo uniti, scioperiamo, non facciamo i lavativi, questo è un lavoro sicuro, questo è un mestiere di merda, siamo fissi, siamo precari, guanti nuovi, braccioli nuovi, casacche nuove, chiama il capo e il capo dov'è, smonta lo stampo, monta lo stampo, niente partita dell'Italia perché si lavora, niente veglione perché si lavora, mangiamo merda e sputiamo bulloni, sto cercando un lavoro migliore, questo è il lavoro migliore, se non lavorassi qui sarei perduto, se non lavorassi qui potrei fare qualunque cosa ma ho moglie figli mutui debiti suoceri a carico, fuori è estate e noi siamo in questa galera, fuori è inverno, fuori è già primavera, persino da dietro la pressa riesco a sentire il profumo del tempo che cambia, persino da qui vedo sbocciare il sole all'alba, e il sole allaga di luce le finestre screpolate in alto di questo capannone che risponde gretto e rumoroso al miracolo del giorno che nasce, cari colleghi, invecchieremo insieme alla macchinetta del caffè anno dopo anno, maledetti colleghi, uscirò di qui e vi dimenticherò nell'istante stesso in cui varcherò il cancello, ci stanno dando da mangiare, ci stanno rubando gli anni migliori, l'amministratore delegato è un brav'uomo, cazzo ne sai se è un figlio di buona donna o no, cazzo ne sai se pensa a te o al profitto, se guarda la persona o se guarda solo i numeri che quella persona mette in fila nelle sue otto ore, tutti sono utili, nessuno indispensabile, vorrei aver studiato ma ero pigro ero povero ero una testadicazzo che pensava solo a viversi un giorno dopo l'altro senza preoccuparsi, ché il poi è parente del mai, ero arrogante, credevo che avrei scritto un grande romanzo campione di vendite e che avrei avuto tre case, una moglie e due amanti, un fuoristrada, e avrei frequentato l'upper class rimanendo un outsider di talento, la battuta tagliente, capace di seminare una scia di pagine immortali alle mie spalle e bruciarmene via in cielo come un foglio di carta che arde nella notte e sale sale fino a diventare una stella brillante del firmamento letterario, che improbabile coglione che ero!, invece la verità è qui, in un pomeriggio d'agosto, mentre sono ventisettenne nudo e grasso e solo e sudato sul divano e con la mano destra reggo il telefono da cui giunge la voce di un uomo che mi sta licenziando.

– Frascella, ha sentito?

Mi schiarii la gola. – Sí, Radelli. Grazie. Per la mia liquidazione?

– Le verremo incontro... data la sua situazione...

– Grazie ancora –. Riattaccammo.

La mia situazione. Il mio male imbarazzante. Poco virile, niente macchie cancerose sui polmoni, niente emorragie nelle vie respiratorie. Un male da fighetta – paura, grida, svenimenti. Me li immaginavo, Radelli e i suoi, raccontarselo cosí il panico. Con un sorriso di circostanza e un altro di biasimo. Il male era dolore fisico. Punto. L'anima, se c'era, era solo uno specchio dell'evidenza.

Cominciai a sudare in maniera piú copiosa. Poi mi venne l'affanno.

Ero senza lavoro.

La vista mi si annebbiò.

Disoccupato.

I pensieri se ne andarono per conto loro, s'incrociavano nelle possibilità di un ragionamento, si allontanavano lasciandomi in un completo non-senso. Tutto ciò che era stato fatto con impegno si spandeva come concime sterile sul terreno della mia vita. Non sarebbe piú germogliato niente, se non una giungla di follia. Ero peggio del giardino di Tonino. Non ero piú nient'altro che un malato.

Mi buttai a terra, bocconi, la mia intimità nuda contro le piastrelle nude. Le ginocchia sbattevano sul pavimento sporco: mi muovevo come una rana, come uno scarafaggio stercorario, come un serpente cieco nel sole abbacinante del deserto. Ero pelle senza muscoli e ossa, ero un sacchetto di plastica al vento senza nulla dentro, ero sformato, ero madido di dolore; grattai le piastrelle con le unghie fin quasi a spezzarle. Adesso che faccio, ripetevo a me stesso. Adesso che faccio adesso che faccio adesso adesso adesso che cosa faccio.

Poi, appena i pensieri buoni s'incrociarono tra loro, riuscii a organizzare un appoggio sui gomiti, mi misi seduto, allungai il braccio fino al divano: tremando presi il telefono. Composi il numero di Lucia.

Suonò a vuoto per un paio di minuti. Chiusi la chiamata. Mi lasciai cadere sul divano. Il panico scivolò via in piccoli frammenti, andò a ricompattarsi come un pezzente all'angolo della stanza. Ci scrutammo.

– Bastardo, – gli dissi.

Mi lavai, infilai qualcosa di leggero, andai a piazzarmi con una sedia sul balcone, una sigaretta in mano. Iside stava ritirando i panni.

– Madonna santa come sei ingrassato, giovanò!

Mi diedi un paio di schiaffetti sulla pancia. – Ancora un po' e pesiamo uguale, signora.

Non ribatté. – Ma hai smesso di lavorare? – Di sicuro mi aveva scorto bighellonare senza costrutto per tutto quel tempo.

– Sono in ferie.

– E quanto durano 'ste ferie?

– Quanto voglio. Decido io. Forse non lavorerò mai piú.

Fece tanto d'occhi, i panni tra le braccia, una mutandazza rosa che sbucava in un lavaggio di capi scuri. – Non lavori? E di che campi? Di aria?

– Ho certi progetti.

Tirò in fuori il labbro. – Cioè?

– Ho intenzione di aprire un'attività. Metterò un annuncio. L'attività si chiama: Butta La Vecchia Di Sotto. Vuol sapere in cosa consiste? – Scoppiai a ridere di fronte allo sgomento della sua espressione. – Scherzavo!

– Al manicomio ti devono portare, a te! – Entrò e si chiuse la porta a vetri alle spalle.

Be', la vecchia aveva ragione: manicomio – che altro? Adesso me la ridevo mentre un'ora prima ero convinto di morire. Prendevo in giro una donna anziana mentre un'ora prima avevo pensato alle fiamme dell'inferno. Dramma e banalità che si rincorrevano e si sostituivano nel giro di una manciata di minuti. La mia sfida era riuscire a tenermi in una condizione neutra, era camminare guardingo sulla linea di mezzeria, era tener lontane la noia e la morte allargando le braccia e respingendo con le mani le pareti che avanzavano da entrambi i lati per schiacciarmi.

Risposi al cellulare che vibrava. Sperai fosse Lucia. Era invece Rosario. In altre situazioni avrei evitato di rispondere, ma avevo bisogno di una voce amica.

– Ehi, – dissi.

– Ciao. Ti hanno avvertito?

La notizia del mio licenziamento aveva già fatto il giro delle presse, a quanto pareva. – Sí. Me l'aspettavo.

– Tutti ce lo aspettavamo. Però, quando poi succede...

– Già.

Fece una pausa. – Poveretto, – disse alla fine. Era quello che pensavano di me? Che ero un poveretto? Chiamava a nome di tutti per consolarmi? Stavo quasi per incazzarmi e urlargli di tutto quando aggiunse: – Il funerale è anticipato a domani mattina. Tu ci vieni?

– Funerale? – Scattai in piedi. E allora capii.

Tonino era morto il giorno prima, nel cuore della notte. Alla fine doveva essersi spaventato, perché aveva chiamato il 118 chiedendo che mandassero un'ambulanza. Mi veniva da piangere a immaginarlo da solo in quella casa, afferrato da un'angoscia centinaia di volte peggiore della mia, stremato dal dolore e senza nessuno da avvertire. Lo avevano trovato riverso sul divano, l'ultimo rantolo ormai passato e assorbito dai muri. Era davvero quello che aveva voluto? La mia presenza o quella di chiunque altro avrebbe potuto cambiare le cose? No. Lo sapevo, cosí come lo sapeva lui. Ci era voluto tanto coraggio. Ed ecco: smisi di pensare alla sua paura e alla sua solitudine e alla sua tristezza e mi concentrai sul suo coraggio.

Ne parlai con Lucia, piú tardi quella sera. – È stato coraggioso. Tutto solo. Voleva che nessuno si sobbarcasse il peso di un uomo morente.

– Non so, – disse lei. – Certo i parenti, per quanto diventati ormai degli estranei, non potranno non sentirsi in colpa.

– Ma che dici! – protestai con vigore. – Il fratello adesso si godrà persino l'eredità di quel disgraziato. Alle persone non gliene frega un cazzo di chi sta male davvero. Anzi, quando quello muore, tirano un sospiro di sollievo.

– Tu parli del tuo personalissimo caso, Chri. Perché ti senti abbandonato. E non lo sei. Il panico non è un cancro, non uccide. E poi non sei solo. Io ti penso. Tua madre lo stesso. E Rosario. Solo che io non... e invece gli altri non li fai partecipi della tua situazione, li escludi. Forse per poter piangerti addosso come meglio preferisci –. Era arrabbiata.

E anch'io mi scaldai. – Senti senti. Adesso sono io a escludere. Non mi sembra di averti ficcato a forza su nessunissimo aereo per Palermo. Non mi sembra di averti mai chiesto di andar via. Anzi. Ti volevo con me...

– Sí, per sprofondare insieme!

– Ma che cazzo dici? Eravamo una coppia. E una coppia sopporta tutto il male che le capita facendo fronte comune. O no?

Gridò: – Tu avevi smesso di amarmi prima che cominciassero le crisi! Cosa credi... che non me ne sia accorta? Non ci parlavamo piú, non ci toccavamo piú! Dove pensi che abbia trovato la forza di lasciarti? Ripensando proprio al prima! Prima delle stramaledette crisi. È stato dopo, quando ti sei spaventato, che hai riscoperto tutto questo grande amore per me. Per convenienza! E nemmeno un amore completo, visto che fisicamente non riuscivi a desiderarmi. Oppure te lo sei dimenticato?

– Il prima, il dopo, che cazzo c'entrano, Lú? Io e te stavamo insieme, e tu mi hai abbandonato quando piú avevo bisogno di te. Mi hai lasciato solo. Solo!

– Tu volevi che impazzissimo insieme! Invece io cerco di ritrovare un equilibrio, qui, per tornare da te a mente fredda e salvare il salvabile. E sto parlando del nostro rapporto, non della tua vita, che non è – ficcatelo in testa – non è in pericolo!

Mi venne quasi voglia di scaraventare il telefono giú dal balcone. – E tu per salvare il nostro rapporto scappi? Ma che cazzo di strategia è?

– Non sono scappata. Non sono scappata! Sono qui che penso tutto il giorno a noi! Ma la tua esagerazione, il modo in cui esasperi il tuo panico, mi spaventa e mi fa arrabbiare allo stesso tempo. Quindi non so che fare, ma almeno da lontano riesco a mantenere la calma. Lí con te starei impazzendo, sarei vittima dei tuoi umori, delle tue improvvise ipocondrie. E finiremmo con l'odiarci e col rovinare tutto! Possibile che non ci arrivi?

Risi sardonico. – Cosí tu te ne stai a mille chilometri di distanza per salvare la nostra intimità? Ma non ti rendi conto di quanto è assurda questa tattica? Di' solo che avevi una strizza tremenda, magari – che ne so – che io, colto da raptus, ti accoltellassi nel cuore della notte, e quindi te la sei data a gambe.

– Sei proprio un cretino, – disse in un singhiozzo. E riagganciò.

Tentai di richiamarla subito, furente, ma aveva staccato il telefono. Pensai di telefonare al fisso, da qualche parte doveva pure esserci una rubrica col numero dei miei suoceri, e scaraventai a terra cassetti e il loro contenuto per una buona mezz'ora, senza però trovare quello che cercavo. Poi pensai di smettere di cercare, perché in ogni caso, se avessi trovato quel numero, sarei dovuto passare sotto le forche caudine di sua madre o di suo padre, il quale probabilmente mi avrebbe rifilato un pistolotto dei suoi a proposito di cosa sia un vero maschio e di cosa ci si aspetterebbe da lui.

E comunque l'avevo fatta piangere – ben le stava! Io piangevo, da solo, ormai da mesi. Non soltanto per colpa sua, certo, ma non potevo dire che fosse estranea alla mia tristezza. Mi aveva mollato alle prime avvisaglie del panico! E che cavolo erano, adesso, tutti quei ragionamenti sui motivi che l'avevano spinta ad andarsene? Erano balle! Se li era costruiti una volta partita per motivare il suo comportamento vile, per perdonarsi. Non c'era stata elaborazione, solo istinto di fuga.

Ma piú tardi nella notte, quando mi misi a letto, cominciai a pensare di essere nel torto, e che Lucia avesse avuto ragione ad andarsene. Avevo sbagliato a dirle le cose che le avevo detto. Provai a chiamarla, ma niente, ancora staccato.

Mi prese una brutta sensazione di sfinimento, come se

il mio corpo galleggiasse a due metri da me e non riuscissi a raggiungerlo. L'ansia sviluppò piano il suo progetto d'assalto. Pareva averlo – lei sí – elaborato per tutto il giorno. Mi prese sordida, a tocco caldo, infilzandomi frontalmente – Caino subdolo che mi toglieva la vita fissandomi negli occhi. Furono minuti estenuanti, minuti in cui soffrii come mai prima di allora, minuti nei quali mi resi conto che il mio sistema di autosomministrazione dei farmaci stava peggiorando le mie condizioni mentali e fisiche.

Naturalmente la bara dozzinale con dentro Tonino non stava passando tra due ali di folla. Mi tenni a una certa distanza dalla funzione che si stava svolgendo accanto alla nicchia scavata nella roccia fredda, osservai il loculo nel quale la bara sarebbe stata fatta scivolare. Tonino doveva aver lasciato soldi e disposizioni per il funerale, si era comprato il «posto» – magari aveva potuto anche sceglierselo. Mi domandai se l'avesse fatto anni prima o solo dopo aver scoperto l'irreversibilità delle sue condizioni. Il prete un po' troppo sorridente e agghindato parlava di qualcosa relativo a Dio, ma con voce piana – non riuscivo a sentire quasi niente.

In tutto c'erano una ventina di persone, compresi i quattro tizi in giacca e cravatta delle pompe funebri, che erano facilmente riconoscibili dai modi esperti e dalle espressioni di circostanza che si buttavano addosso la mattina insieme al profumo. Un paio di vecchiette facevano da spettatrici alle gesta del prete, anche loro scafate nella postura e nel salmodiante «Amen» con cui nobilitavano le vane parole dell'uomo di Chiesa.

Un individuo della stessa stazza di Tonino toccò la bara e si portò le dita alla bocca in un bacio. Immaginai fosse il fratello. Mi avvicinai per osservarlo meglio, ma avvertii un peso sulla mia spalla: era la mano di Rosario.

– Ehi. Chri.

– Ciao.

Mi squadrò. – Sei ingrassato. A momenti non ti riconoscevo –. Aveva gli occhi velati di lacrime.

– Sí. Lo so.

– Quanti chili hai preso? – volle sapere in un sussurro.

Non risposi alla domanda, chiesi: – Come mai cosí poca gente?

– I capi non hanno concesso il permesso a quelli del primo turno. Radelli ha detto: «E se tutti andate al funerale di Sissignuri, qua chi lavora?» – Fece una smorfia, che io imitai.

La bara fu sollevata all'altezza del vuoto chiuso che l'avrebbe ospitata. Ai piedi dei due muratori addetti alla tumulazione restarono alcuni mazzi di fiori e una corona su cui stava scritto: LA TUA AZIENDA. Ci fu un cigolio, un altro «Amen», poi un ponte meccanico allungò la sua lingua nella nicchia rettangolare e la bara salutò i presenti con uno sbuffo di polvere sdraiandosi nell'ombra.

I muratori salirono sul ponte con la lastra di marmo.

– Mangiamo insieme? – chiese Rosario.

– Non posso.

Il prete benedisse la lastra, poi si aggiustò la palandrana e volse lo sguardo altrove – segno che la funzione si era conclusa.

In meno di cinque minuti mi ritrovai accerchiato dai colleghi. Erano stupiti di trovarmi lí, e tutti – soprattutto le donne – fecero considerazioni poco piacevoli sul mio peso. Avevo la faccia che pareva una fetta di mortadella, dissero. La pancia mi esplodeva nei jeans, che aspettavo a tornare in fabbrica e a mettermi a dieta? Se avessi ribattuto che in fabbrica con loro non ci sarei mai piú tornato, che ero stato licenziato, avrei dovuto sorbirmi la loro reazione (falsa, vergognosamente falsa) per una lunga ora. Perciò tacqui. Mi toccarono braccia spalle collo testa, io cominciai a sudare e smisi di ascoltarli: gli unici rumori che sentivo erano quelli dei muratori che assestavano la lastra di Tonino.

– Scusate un attimo, torno subito, – dissi divincolandomi da tutti quegli sguardi. Corsi in direzione della Panda. Volevo togliermi da dosso quel peso soffocante di curiosità.

Però mi fermai dopo neanche dieci metri, perché quasi andai a urtare il fratello di Tonino. O quello che credevo essere il fratello. – Senta, – dissi alle sue spalle curve.

L'uomo si voltò: infilato in un abito a due pezzi troppo largo, la cravatta snodata e le labbra riarse, mi apparve come la versione piú giovane, ottusa e flaccida di Tonino. – Volevo porgerle le mie condoglianze.

Lui annuí aggrottando le sopracciglia cespugliose.

– E, – aggiunsi, – dirle che ho incontrato suo fratello poco tempo fa. In quell'occasione mi ha parlato di lei.

Fece un verso sospettoso.

– Ecco: se posso, volevo chiederle di non mandare tutto in malora anche questa volta. Non sarebbe giusto.

Lo lasciai cosí, ben sapendo che le mie parole sarebbero state dimenticate nel giro di pochi minuti.

Mentre aprivo lo sportello, Rosario mi chiamò. Si era lasciato dietro gli altri, camminava nella mia direzione – non potevo mollare anche lui.

– Allora? Dove vai, Chri?

– Ho un appuntamento col medico, – mentii.

– Perché non mi telefoni mai? Perché non rispondi quando ti chiamo? Possibile che io e Carmen dobbiamo sapere di te da Lucia che è in Sicilia? – Era deluso e un po' arrabbiato. – Non siamo amici?

Lo abbracciai forte. Lui non se l'aspettava. – Certo, – dissi. Mi staccai e me ne andai.

Quel giorno guidavo senza una meta da due ore, senza guardare niente, senza capire niente – solo semafori, stop, precedenze. Nient'altro. Non mi interessava nient'altro ormai. Il telefono squillò. Lo lasciai squillare.

Decisi di andare a Mappano, il paese in cui ero cresciuto. Infilai via Ivrea, coi muri rossi sporchi di miseria – il quartiere era stato tirato su per ospitare le famiglie dei dipendenti della Iveco: alveari in cui i genitori si erano abbrutiti e i figli o si erano salvati scappando oppure erano andati a rinfoltire le schiere di tossici assiepate nelle carceri, nelle strutture ospedaliere, nei cimiteri, nei prefabbricati accanto al Centro di Salute Mentale.

Mappano era un paese come altri della prima cintura Nord che aveva conosciuto un'urbanizzazione selvaggia nel giro di pochi anni – ossia quando i torinesi, stufi della città, avevano guardato alle zone limitrofe per spostarsi in una improbabile campagna che i palazzi e le villette a schiera da loro stessi costruiti avevano trasformato in una versione ancora piú asfissiante della città fuggita.

A uno stop incrociai l'auto di un tizio che conoscevo, uno di qualche anno piú grande di me, tra i primi mappanesi a bruciarsi di eroina la pelle e l'anima, quando per i genitori «droga» era una brutta parola da pronunciare, cosí come «tossicodipendenza».

Quel coglione precocemente invecchiato che adesso guidava la sua Peugeot 106 scassata a pochi metri da me credeva, a dispetto di tutto – ci avrei giurato –, di essersela goduta un mondo rispetto ai mediocri che lo sballo non avevano mai saputo cosa fosse.

Svoltammo entrambi nella via che conduceva alle scuole. Entrambi parcheggiammo davanti ai cancelli. Scendemmo dalle rispettive auto, ognuno con la sigaretta in bocca. Incrociammo lo sguardo. Conoscevo il suo nome, mentre lui non conosceva il mio. Ma senz'altro conosceva nome e cognome di mio fratello.

Una volta mi aveva chiesto aiuto, il tizio che ora mi guardava senza interesse, steso per terra nel pietrisco del parco giochi proprio lí accanto – carico di eroina dalle caviglie fino alle orecchie. «Dammi una mano, fammi sedere», aveva rantolato. L'avevo tirato su, l'avevo sistemato alla bell'e meglio su una panchina e me n'ero andato, col suo puzzo nelle narici, domandandomi perché, sebbene disgustato, gli avessi prestato quel minimo soccorso. Poi avevo trovato la risposta: l'avevo fatto nella speranza che qualcuno, trovando mio fratello nelle stesse condizioni, si comportasse allo stesso modo.

Una campanella gettò la sua nota vibrante nell'aria e, dalle porte della scuola elementare, fuoriuscí uno scroscio di risa e di vita, tanti piccoli piedini, tante piccole manine, tante giovanissime voci, tanti visi arrossati dalla corsa per raggiungere i genitori che nel frattempo si erano piazzati in attesa al mio fianco, ragazzi e ragazze con cui ero cresciuto che adesso venivano chiamati papà e mamma, e anche il tossico della Peugeot era un padre, gli si aprí un sorriso marrone mentre si chinava ad abbracciare uno scriccioletto dalla testa nera nera che gli saltò al collo e lo strinse, lui sollevò la sua bambina e le chiese com'è andata Vale?, e Vale rispose qualcosa che si perse nel vociare convulso, nella dinamica dell'amore, nell'attrito dei corpi che avevano generato altri corpi, mentre io mi sentii felice per loro, e allo stesso tempo non avrei voluto essere nessuno di loro mai – né genitore, né figlio seienne, né nonno giocherellone, né nipotino furbetto –, la sola idea mi disturbava, eppure ero travolto e commosso da tutta quella vita, ero travolto e commosso e preoccupato dall'innocenza di questi sguardi tondi pieni di fiducia per chi avrebbe dovuto proteggerli e – mi resi conto – non avrebbe potuto farlo ogni volta tutte le volte, e mi tremarono d'improvviso le gambe, mi si accorciò il fiato, ecco che avevo paura, la preoccupazione divenne paura, la paura stava per mettersi di lato e lasciar posto al terrore – sapevo da dove arrivava quello schifo che spruzzava male in tutto il mio corpo, sapevo cosa significava, ne individuai – in quegli abbracci, in quelle strette, in quelle carezze, in quelle confidenze –, ne individuai l'origine nel silenzio delle camere chiuse ai piani superiori, nel fetore dei bagni davanti agli specchi mentre mani avide cercano toccano trovano usano abusano, sprecano spengono uccidono, mi appoggiai alla macchina e mi sentii scuotere le budella, mi sentii sventrare da mille e una lama che tagliavano la mia carne, e poi divennero chiodi, chiodi furenti, quelli che mi vennero conficcati sulla schiena, col martellio dei muratori al cimitero sulla lastra di Tonino, era tutto rosso e melma attorno a me, non vedevo che sangue e sangue sulle mie mani, sui miei vestiti, mi venne da piangere e da urlare, perché sapevo cosa strisciava sotto la coltre fangosa del mio panico.

– Ehi, – disse una voce alle mie spalle. – Serve aiuto?

Era il tizio della Peugeot. Mi girai a guardarlo, a guardare ogni cosa attorno che ondeggiava in un rollio corrusco, distinsi figure in movimento e le parole andarono a sfregarsi sull'asfalto, dissi: – Sto bene, grazie, – m'infilai in macchina, avviai, grattai la retro tre volte, poi uscii dal parcheggio – dal finestrino intravidi il capannello di persone accorse a prestarmi aiuto, svoltai in una via un tempo sterrata e sconnessa, che mi si macchiavano i pantaloni appena uscito di casa, le scarpe che si abbeveravano all'acqua sporca delle pozzanghere.

La casa in cui ero cresciuto era ancora lí, e non era piú lí. Non era piú la stessa.

Fino a qualche anno prima era stata una cascina divisa in sei parti, tre delle quali occupate dalla mia famiglia. Due da quella dei vicini. Una, il solaio o fienile, era la stanza enorme e schifosa in cui i padroni affastellavano le balle di fieno e poi, lontano il tempo della falciatura, abbandonavano al pieno dominio dei ratti e dei piccioni: d'inverno li sentivo scontrarsi, i topi alla caccia dei pennuti, strillavano – per fame, per paura – quando giungeva il tempo della resa dei conti. Guerre per la sopravvivenza che sottotitolavano i miei incubi.

Non avevamo il bagno. C'era una ritirata fuori stile militare. Ti mettevi ginocchioni e cagavi con gli occhi puntati al buco della turca, sperando che il ratto non saltasse su a morderti le chiappe.

Ci lavavamo di rado. Da piccoli, mia madre bolliva un pentolone d'acqua, e a turno – due o tre alla volta – c'infilavamo dentro bacinelle troppo strette. Litri d'acqua sulle piastrelle scivolose di sapone.

A casa di amici chiedevamo «il permesso» – eravamo tanto sporchi quanto educati – di andare un attimo al bagno. Aprivamo la porta di quella stanza misteriosa. Il water ci sembrava un miracolo.

Cinque figli maschi. «Povera mamma!», esclamavano tutti alla notizia. Già.

Ma quanto imbarazzo, quante botte, quanto freddo, quanti litigi, quanta speranza di scappare via da lí.

Non era piú la stessa casa, no. Ed era sempre la stessa.

Abbassai il finestrino della Panda e sputai sul cancello. Per una ventina di minuti mi sentii meglio.

Quel dissotterramento però mi aveva sconquassato l'anima.

Avevo bisogno di aiuto.

Mi ricordai dello psichiatra Pratesi del San Giovanni Bosco – l'unico dottore che mi avesse fatto ridere di me e del mio male da quando era comparso. Cercai e trovai il numero del reparto Psichiatria dell'ospedale. Trattenni il fiato e chiamai. Parlai con un infermiere. Mi disse che il dottor Pratesi quel giorno non era di servizio lí, ma che avrei potuto trovarlo alla sua ASL di competenza.

Non persi tempo – non ne avevo piú.

Il Centro di Salute Mentale in cui lavorava Pratesi quando non faceva i turni in ospedale era ricavato in un palazzaccio dai muri scrostati e dai balconi arrugginiti in fondo a una via poco prima dei Murazzi. Il portone era aperto e dava su una seconda porta bianca. Spinsi anche quella: l'ambiente sapeva di ammoniaca, e il pavimento costituito da rettangoli marroni manteneva le impronte delle generazioni di pazzi che vi avevano camminato.

La sala d'aspetto era persino meno dignitosa di quella del prefabbricato dove avevo incontrato Caserta, spoglia di tutto, nemmeno un quadretto o un ordine del giorno, solo sedie rosse e un vuoto di un paio di metri per tre che conduceva a un'altra porta bianca chiusa.

Sbucò un uomo sulla quarantina, i capelli brizzolati, un po' ingobbito.

Mi guardò interrogativo. Gli chiesi se il dottor Pratesi potesse ricevermi. No, non avevo un appuntamento. Sí, potevo aspettare, grazie. Gli dissi il mio nome. Se lo appuntò su un foglio. Mezz'ora dopo mi scortò per un corridoio e mi lasciò davanti a uno studio con la porta aperta. Era simile a quello di Caserta, solo piú grande e peggio arredato.

Pratesi disse: – Questa sarebbe la mia pausa pranzo –. Indossava il camice bianco stavolta, aveva sempre quella corporatura a pera con, in piú, un brutto taglio di capelli e una barba mal rasata. Il suo tono non era ostile.

– Mi scusi. Venni in pronto soccorso alcuni mesi fa... – Cercai di fargli ricordare qualche dettaglio del nostro primo incontro.

– Mi ricordo vagamente. Ma eri... sei cambiato. Fisicamente, intendo.

– Sono ingrassato di parecchi chili.
– Zyprexa?
– Sí.
– Cristo! – esclamò. – Siediti.

Mi piazzai sulla poltroncina davanti a lui. – Non sapevo piú a chi rivolgermi, – argomentai. – Caserta non lo voglio piú vedere –. Gli raccontai del nostro abboccamento.

Allargò un sorriso, senza emettere suono. – Ma tu risiedi nella sua ASL di competenza, perciò non potrei seguirti.

Il condizionale mi mise speranza. – Ho avuto altre crisi di panico, tante. Mi sono ridotto a chiudermi in casa per settimane, al buio, senza quasi muovermi.

Mi guardò per un po'. Alla fine sospirò, cavò da un cassetto in basso una cartellina nuova, ci mise su il mio nome, strappò qualche foglio dal suo notes, disse: – Diciamo che ti seguirò non ufficialmente, rompiballe, – stappò la penna e aggiunse: – Sentiamo.

Gli raccontai tutto nel piú breve tempo possibile – chi ero, qualche dettaglio sulla mia famiglia, Lucia. Non volevo fregargliela tutta, la pausa pranzo. Lui non parlava, scriveva e basta, senza guardarmi, fino a quando non gli parlai di Tonino, di come era morto.

Allora Pratesi mollò la penna. – Non ho capito perché ci sei tornato. Una volta va bene, ma la seconda?

– Non lo so con esattezza –. Mi chiusi nelle braccia.

– E adesso se n'è andato anche lui, lasciandoti con la sensazione che non avrai piú opportunità per redimerti –. Annuí alle sue parole, la testa piccola su quel corpaccione. – Rischioso accollarsi la responsabilità di altre vite, sai?

Mi guardai intorno, tra tutte quelle scartoffie, quei prontuari, quelle cartelline piene di polvere che recavano nomi di persone in via di guarigione, o forse inguaribili.

– Lei non lo fa di continuo?

– Oh, – sorrise, malinconico. – Ma io vengo pagato profumatamente per sorbirmi le vostre menate –. Terminò di scrivere, mi diede un appuntamento per tre settimane dopo, stabilí un 5+5+5 di Rivotril, eliminò lo Zyprexa e mi prescrisse il Fluoxeren al posto dello Zoloft. – Tanto non devi scopare, giusto?

– Perché?

– Diciamo che la fluoxetina rallenta i tempi di eiaculazione. A certe donne piace. Ad altre... – e alzò le sopracciglia.

Presi il foglio. Ma non mi mossi.

– Cosa c'è? – Aveva notato un cambiamento in me? Perché la sua voce non era piú definitiva, adesso pareva pronto all'ascolto.

Parlai.

Lui non prese appunti, non schiodò il suo sguardo dal mio viso. Era attento, apparentemente freddo ma attento. Io mi guardavo le scarpe, osservavo lui, tornavo alle scarpe: ero furioso e imbarazzato nello stesso tempo.

Quando ebbi finito sospirò. – E hai pensato che il panico dipendesse da questo?

– Sí.

Si sfiorò il mento con il pollice. Chissà quante storie simili aveva già dovuto ascoltare – magari peggiori della mia.

– È molto probabile. Oppure, semplicemente, forse non ti piaceva il tuo lavoro. O il tuo rapporto sentimentale. La tua vita in genere. Forse volevi – vuoi – altro. Il senso di soffocamento che provavi può aver scatenato gli attacchi. L'irrimediabilità. Passato piú presente uguale crisi. È la psiche umana, bellezza –. Si alzò. – Sarà un percorso lungo, il nostro. Cominciamo col rispettare gli orari e la posologia dei farmaci –. Mi tese la mano.

Verso l'una del pomeriggio, infilai T-shirt e pantaloncini, scarpe da ginnastica, cappellino e raggiunsi in auto il parco della Colletta. C'erano corridori abituali, passeggiatori anziani, signore coi cagnolini, giovanissime coppie eccitate che cercavano angoli di verde appartati. Un vento leggero solleticava le chiome degli alberi. Feci un blando riscaldamento, poi cominciai a correre. Dapprima con passo lento e calibrato. Dopo accelerando con una certa scioltezza.

Bene, mi dissi. Sono ancora in forma. Ho ancora qualche cartuccia da sparare.

Sí.

Mezzo chilometro piú avanti iniziai a boccheggiare. Respiravo avidamente quando mi fermai. Tutto il monossido delle sigarette fumate negli anni parve raggrumarsi come una spugna nella mia gola: lo sputai fuori nascondendomi dietro un cespuglio. Venne giú della roba simile a cervella di maiale.

E andai in iperventilazione.

L'iperventilazione divenne paura, la paura panico.

Mi sedetti a terra. Le gambe si staccarono dal suolo, scalciarono l'aria. I gomiti smisero di farmi da leva, mollarono. Sbattei la schiena sul selciato, e il cielo m'inondò gli occhi.

Nel giro di pochi minuti mi ritrovai al centro di un gruppo di persone che mi guardavano spaventate. Un cagnolino mi odorava il collo.

Un signore con gli occhiali si mise ginocchioni accanto a me. – Ehi, ehi, – disse scuotendomi.

– Non lo tocchi, – fece una donna. – Magari ha qualcosa di rotto!

– Ma no! – Questa era la voce di un ragazzo. – L'ho visto io che cadeva a terra, e basta.

– Un infarto? – ipotizzò il tizio con gli occhiali. Mi parlò, staccando bene le parole, come se fossi sordo o scemo o entrambe le cose: – Soffri. Di. Problemi. Cardiaci?

– In classe da me c'è un epilettico che fa cosí, – azzardò il ragazzo.

Io inspiravo ed espiravo e nient'altro, non riuscivo a muovere suono. Ma la mente vorticava, inquadrando un ricordo: sono in un luogo chiuso, ho otto anni piú o meno, e chi mi sta alle spalle mi dice di tenere le mani aperte contro la parete, di aspettare qualche minuto in quella posizione...

– Sei. Epilettico. Per. Caso?

Il cane mi leccò un braccio.

– Non capisce.

– Chiamiamo l'ambulanza? – propose la signora padrona del cane.

– Ma non c'è un custode, una guardia, qualcosa di simile?

– Sei. Tu. Che. Hai. Vomitato. Accanto. Al. Cespuglio?

– Magari è una congestione...

– In classe da me uno ha rimesso cosí l'altro giorno.

Il signore con gli occhiali posò un orecchio sul mio torace.

Il ricordo sparí, lo feci sparire, non ero piú al chiuso ma in un parco, sotto gli sguardi di persone preoccupate; sentii tornarmi le forze, riacquistai la facoltà di parola. – O-okay, – dissi tirandomi su. – È s-solo una crisi di panico –. Respiravo male, gli arti si allungavano e contraevano, ma il peggio era passato.

Il cane mi saltò in grembo.

Che inestinguibile fiamma di vergogna, rabbia, imbarazzo e schifo mi leccava dentro lo stomaco fino all'anima. Avevo pietà di me e delle mie ferite. Adesso che tutto tornava a galleggiare a pelo d'acqua lurida davanti ai miei occhi di uomo, non avrei potuto fare niente – niente – per tornare a dimenticare. Era un marchio a fuoco stampato in ogni anfratto di me.

Desiderai morire. Io che avevo avuto paura per tutti quei mesi, paura di morire, desiderai la morte: improvvisa, chiara, sciolta.

Tornai a casa guidando sotto l'effetto della droga piú devastante – la verità.

Salii le scale pensando: ci deve essere un sistema, ci deve essere un sistema per uscirne senza spiegare niente a nessuno, per scomparire, per non esser mai nato e vissuto, sfibrarmi di colpo nell'aria e scompormi fino al grado zero. Non voglio non voglio non voglio che qualcuno sappia che ero al mondo.

Girai la chiave, aprii l'uscio – ci deve essere, ci deve essere un sistema per uscirne...

Lucia mi venne incontro nella fioca luce dell'ingresso. Era nuda, i seni e i fianchi e la figa che parevano risorgere – proprio cosí –, risorgere dagli strati di panni sotto i quali credevo fossero deperiti, sotto tutte quelle gonne e quelle camicette e quei maglioncini, sotto le tute e i pigiami, sotto la biancheria dozzinale che serviva solo a «tenere caldi».

Mi appoggiai alla porta e lei mi afferrò, mi strinse, mi annusò, mi baciò una guancia, mi baciò le labbra.

La scostai. Era un fantasma? No. – Quando sei tornata?

– Dieci minuti fa. Sei ingrassato.

Senza lasciarmi il tempo e il coraggio di dirle quello che volevo dirle, mi spinse in salotto e sul divano, mi si buttò nuda addosso, mi sfilò la T-shirt senza aspettare che l'aiutassi: la sua espressione intenta, nessun sorriso seduttivo, nessun cenno di complicità. Solo una precisa, quasi militare azione d'attacco al mio corpo, ai miei pantaloni, al mio uccello che, duro come non me lo ricordavo piú, in un solo movimento aspirante delle labbra scomparve quasi completamente nella sua bocca.

Fu il sesso delle prime volte, ancora piú intenso perché ci conoscevamo e, allo stesso tempo, ci eravamo dimenticati di noi – fu travolgente perché i suoni erano suoni noti e recuperati nel fondo della mente, e però anche nuovi, inattesi, fecondati da un'intimità perduta e di colpo riconquistata. Fu il sesso del dolore, perché sapevo che non sarebbe servito a niente, sapevo che era solo una parentesi di ostentata ignoranza rispetto a ciò che mi era accaduto, a ciò che ci era accaduto.

Le venni dentro come se in me fluisse una corrente secolare, una corrente che aveva serpeggiato nel granitico ventre del suolo che era diventata la nostra quotidianità – le venni dentro gridando, allungando le punte dei piedi fino quasi a piegare il legno del bracciolo, con ruvida insistenza, col subdolo intento di punirla e di punirci.

Senza fiato ci ritrovammo poco dopo l'uno nelle braccia dell'altra, allacciati sudati nudi sul divano, il soffitto da ridipingere appoggiato ai nostri occhi, la salivazione azzerata, le labbra secche, tanto che le sue mi parvero quasi screpolate per la foga dei baci. La sentivo pulsare raccolta contro di me, e quel pulsare ruppe gli argini, si fece pianto tremante, mi pianse forte sul petto.

– Cosí sei tornata, eh? – provai a dire dopo una lunga pausa. Mi uscí sporco di stanchezza. E di rabbia trattenuta.

– Non ce la facevo piú. Ho pensato: basta, torna. Affronterete insieme quello che c'è da affrontare –. Scansò una lacrima che le ciondolava sul naso. – Lo affrontiamo insieme. D'accordo?

– Cosa?

– Il panico. E tutto quello che comporta.

Mi alzai, cercai le sigarette. Conoscere i suoi propositi non cambiava niente. – Cioè, tu sparisci per mesi e alla fine ti presenti con una soluzione identica a quella che ti proponevo prima della tua fuga?

– Non sapevo fosse la soluzione, quando me ne sono andata. C'è voluto tanto. Tanto dolore...

– Tanto dolore? Perché... che credi? Che qui io mi sia divertito?

– Non eri solo tu il punto. Te l'ho già detto –. Si mise seduta. – Non voglio piú parlarne, però. Io ti amo. E anche tu mi ami, giusto?

Il suo viso e i suoi occhi e la sua postura: sí, era evidentemente convinta. Ci aveva riflettuto, e tornare da me era davvero una decisione meditata.

– I tuoi genitori che dicono?

– Non importa quello che dicono loro. Contiamo noi.

– Cristo. Come sei *Love Story*, adesso. Mi sento tutto spalmato di melassa.

– Non fare il cinico. So che hai bisogno di me. E sono tornata. Da qui in poi si ricomincia –. E diede uno schiaffetto alla seduta del divano. Comprendendo in quel «qui», ovviamente, anche il sesso – un ritorno per un'unione totale.

Guardai la sua valigia accanto al letto, di là. Tra poco avrebbe disfatto i bagagli, quindi. Si sarebbe riappropriata del suo armadio, quindi. Avrebbe sistemato le sue cose sul suo comodino e in bagno, quindi. E avrebbe ripreso il suo posto nella mia vita, quindi. E saremmo invecchiati insieme, quindi.

Quindi.

Quindi non avrebbe mai saputo davvero di tutte tutte tutte quelle crisi, di Tonino vivo e del suo orto e di Tonino in una bara, dei miei giorni inutili e solitari a ciondolare tra supermercati e videoteche o chiuso in casa a sudare e ingrassare, delle notti feroci e delle lacrime di sconforto, di cosa avevo provato quando ero stato licenziato, e dei ricordi schifosi che mi avevano allagato la memoria.

E forse era giusto cosí. Anche se faceva male, anche se si era creato un solco profondo come quello di... di un aratro. Forse.

Trascorsero una decina di giorni, durante i quali io e lei tentammo piú di rimettere a fuoco i dettagli che di riaggiustare le cose fondamentali. Tornò a lavorare.

A tavola la sera ci guardavamo, e io non parlavo di noi, e lei non parlava di noi – c'era sempre l'ultima notizia del tigí sugli attentati dell'11 settembre, quel che succedeva nel suo ufficio, i vicini: tutto era piú facile, gli argomenti «laterali» erano spifferi da un'intelaiatura fallata.

Facemmo l'amore un altro paio di volte. Senza il trasporto della prima dopo il suo ritorno. Qualcosa di meccanico, scricchiolante come la rete del letto sotto di noi. Ma – pensavo – fare l'amore con la donna che ami è anche questo. Uno svuotarsi. Una scarica di ormoni.

La seconda volta, tra l'eco delle grida e l'umido della pelle, ebbi un mancamento. Un semplice mancamento. Ero ingrassato, non ero piú abituato a certi movimenti – non era panico. Ma Lucia, vedendomi respirare affannosamente, pensò invece che lo fosse. Si fece battagliera. Mi strinse a sé, disse: – Respira, respira con me. Non aver paura. Non c'è niente di cui aver paura –. Ancora un fraintendimento. E ancora non dissi, non contestai.

Rosario e Carmen abitavano in corso Sebastopoli. Uno stabile moderno fuori, con balconature di cemento geometricamente lavorate, ma odore legnoso nell'androne e per le scale. Io salii le rampe con passo appesantito, intanto toccavo e ritoccavo la boccetta di Rivotril che avevo in tasca. Lo avevo fatto di continuo da quando ci avevano invitati a cena la sera prima, e – con Lucia che mi guardava speranzosa e interrogativa col cellulare all'orecchio – mi era toccato rispondere di sí.

Carmen ci aprí la porta, s'avventò su Lucia quasi gridando: – Ecco ecco ecco il mio tesoro! – Era piú grande di lei di sette anni, la trattava spesso con un piglio da sorella maggiore; né bassa né alta, era morbida, castana e ragliava nel suo accento calabrese che picchiettava le consonanti come il becco di un gallo la terra dura. – Quanto sei abbronzata, Lú!

– Non è vero! Magari!

Io e Rosario ci battemmo un cinque all'antica, poi mi posò una mano sulla spalla.

Lucia aveva portato del vino, lo porse al maschio di casa che disse: – Non dovevi... – e intanto fotografava esperto l'etichetta; esclamò: – Ah, Merlot, mica bazzecole!

– Il meglio per i megli, – dissi. E Carmen rise, ci chiuse la porta alle spalle, mi disse: – Ma sei davvero diventato una palla di ciccia! – accogliendomi nel suo abbraccio tondo, ancestrale.

Io non sono molto favorevole agli abbracci, gli abbracci mi fanno dubitare del mio odore corporeo, della consistenza delle mie carni sotto dita che, volenti o nolenti, indagano. Quando mi abbracciano penso: mi sono lavato bene il collo? L'ho messo il profumo? La mia pelle ha un odore diverso da quello di un'altra pelle? Peggiore? Cerco sempre di evitarli, ma poi mi arrendo all'apparente indispensabilità del gesto. Non per educazione: proprio per resa. Da buon egoista, mi consegno all'egoismo.

Ci spostammo in sala da pranzo. La loro casa era piú grande e piú confortevole della nostra: in quella casa l'Amore con la A maiuscola ci si era sistemato comodo comodo.

Eppure non li avevo mai visti cosí teneri l'uno con l'altra come quella sera quando ci ritrovammo seduti alla tavola apparecchiata. Si sfioravano di continuo, si cercavano con occhi dolci e fieri e di colpo imbarazzati. Lei arrossiva spesso.

Notai che Lucia li osservava stupita quanto me, un solco di sincera perplessità sulla fronte.

Cominciammo a mangiare un po' di affettati, poi Lucia si alzò ad aiutare Carmen anche se Rosario – contravvenendo alla solita routine – avrebbe voluto far tutto lui, e che la sua donna stesse seduta tranquilla, e gli ospiti anche! Ma loro, le nostre compagne, furono irremovibili.

Parlammo. Parlammo delle cose amene di cui si parla nelle cene: pettegolezzi, lavoro, cibo. L'attacco alle Torri e la morte di Tonino rimasero fuori dalla porta. Figuriamoci il mio panico, il mio licenziamento e la fuga di Lucia. Niente scossoni, come ai vecchi tempi.

Però l'accentuata complicità dei padroni di casa soverchiava le solite banalità: tutto quel toccarsi, quel sorridersi. Tutto quel pepe.

Fu davanti a un risotto alla crema di scampi che la curiosità ci vinse, e Lucia domandò: – Ma si può sapere cosa avete, voi due?

Loro si guardarono ancora piú intensamente. Fino a che entrambi allargarono un sorriso enorme sui loro volti, i denti bianchissimi di lei parvero scintillare, quelli nicotinici e un po' storti di lui mandarono lampi diseguali.

– Siete i primi a cui lo diciamo, a parte i nostri genitori, – fece Carmen.

Rosario la prese per mano, gliela strinse. – Pronta? – le chiese. Dondolarono le braccia, gridando insieme: – E uno. E due. E tre. Siamo incinti!

Seguí un fermo momento di riflessione da parte nostra. Tutto tornava – quelle premure, quella felicità palpabile.

Lucia schioccò in piedi. – Davvero?

Occhi lucidi, Carmen annuí. Rosario disse: – Sí!

– Oddio! – Lucia aggirò il tavolo, raggiunse Carmen, Carmen si alzò e si abbracciarono. – Dio! – E scoppiarono in lacrime.

Io avvertii un freddo polare dentro di me, un senso di estraneità, di vuoto pneumatico totale. Meccanicamente mi alzai, mi sporsi verso Rosario, che s'era alzato anche lui, allargai le braccia. – Ro', – dissi. Ma forse non lo sentí. Lacrimoni anche nei suoi occhi. Ci abbracciammo, feci durare l'abbraccio il piú a lungo possibile, soffrendo, pensando al calore che sprigiona l'attrito tra i corpi, al fetido calore degli esseri umani.

– Ma è... – cominciai a dire, e avrei dovuto finire con un «fantastico», un «bellissimo», un «incredibile», ma proprio non mi venne. L'aggettivo mi scivolò sul tappeto, non lo raccolsi. A chi importava? A chi importava se già Lucia piangeva sulla spalla di Rosario, se già mi toccava ripetere l'abbraccio con la morbidezza ora indiscutibilmente materna di Carmen, se già sentivo la sua guancia bagnata incollarsi alla mia, infradiciandomela, provocandomi quasi un conato? La guardai, le guardai il ventre, e pensai a quella «cosa» che le sbocciava dentro, quella nuova vita, quell'essere che avrebbe spostato verso l'alto anche se di pochissimo la retta demografica della nazione. – Wow, – feci. E altro non mi veniva, avevo la testa infilata in un barile di nebbia.

– Come sono felice... – piagnucolò Lucia. – Sono cosí felice per voi –. E mi buttò un'occhiata: cosa c'era, in quello sguardo? Ricerca di complicità oppure rimprovero? Non lo sapevo. Le rimandai solo un sorriso scimunito, il piú adatto, mi parve, all'ambiguità della sua espressione.

Una delle prime cose che le avevo domandato quando l'avevo conosciuta era stata: «Ma tu vuoi avere figli?» E lei aveva risposto: «Perché no? Tu?» Stavamo uscendo dal cinema, avevamo appena visto una commedia al femminile, con amorazzi stucchevoli, pace e armonia tra sposini, e nidiate di bambini arrivati o in arrivo. «Io no, – avevo pensato, – manco per il cazzo». Però a lei avevo fatto un cenno simile a un sí, cambiando argomento in tutta fretta. E qualche volta, nel corso del tempo, ne avevamo parlato – di bambini, di come si crescevano, di che tipo di figli avremmo preferito. Anzi: era lei a parlarne. Io alzavo le spalle, rimanevo sul vago, sul vaghissimo.

– Da quanto tempo lo sapete? – chiese Lucia, dopo che ci fummo risistemati sulle rispettive sedie. Lo chiese come se la curiosità la stesse proprio divorando – c'era un roditore, adesso, dentro di lei.

– Dall'altro ieri, – rispose Carmen. – Ho ripetuto il test di gravidanza due volte.

– Abbiamo guardato lo stick cambiare colore insieme! – esclamò Rosario.

Non sapevo bene cosa fosse uno stick, ma sapevo con certezza che aveva a che vedere con l'urina. Non la ritenevo un'esperienza cosí esaltante, ma annuii compiaciuto perché Lucia stava facendo la stessa cosa.

Intanto sentii distintamente che il polpaccio sinistro cominciava a formicolarmi.

– Un bambino, – e scossi il capo. – Un bambino... diventerai papà, – feci a Rosario.

– Già, – disse arrossendo. – Devo ancora prendere confidenza con l'idea.

La mia vista si abbassò di colpo, come se avessi perso qualche diottria in un nanosecondo. Feci per dirlo, ma riuscii a trattenermi. Pensai al Rivotril, di là, e al modo in cui l'avrebbero presa tutti se mi fossi alzato per mungermene un po' nella bocca.

Lucia attaccò a chiedere come avessero reagito i loro genitori. E Carmen partí con un resoconto dettagliato di reazioni sorprese, incredule, dialettali, imitando ora i toni di voce del padre, ora quelli della madre, per poi passare a quelli dei suoceri. Per i genitori di Rosario, dato che era l'unico figlio, si trattava del primo nipote, del primo erede in linea dinastica. Carmen aveva invece una sorella che aveva già scodellato un paio di marmocchi.

– Chissà se sarà maschio o femmina, – ragionò Lucia. – E che tipo di bambino sarà –. Lucia mi sbiadiva davanti agli occhi, si offuscava, e non sapevo se stesse perdendo contorni per via della tensione che mi saliva fino in testa oppure a causa della tremenda sciocchezza che aveva appena elaborato ad alta voce.

– Ma mangiamo, adesso! – ci riscosse Rosario. – Altrimenti il riso diventa una pappetta!

E in effetti quella cosa non era già piú commestibile: il riso si era trasformato in un'entità dura e poco propensa a farsi ingoiare. Era mais acerbo, era piombo. Però lo buttai giú, aiutandomi con lunghe sorsate d'acqua. Mentre gli altri parlavano – aspettavo che si cominciassero a elencare i probabili nomi della «cosa» che Carmen avrebbe espulso dalla vagina entro poco tempo –, pensavo al freddo fuori e al freddo dentro, al fiato che mi si mozzava tra una cucchiaiata e l'altra, alla mia traspirazione in aumento. Tra qualche minuto comincerò a puzzare, pensai, a puzzare come uno scimpanzé allo zoo. Qualcuno mi chiederà se mi sento bene.

Mollai il cucchiaio, la vista sfocata – sí, la mia donna e i miei amici non erano altro che sagome, ormai –, e interruppi i loro scambi per dire la mia.

Dissi: – Questa cosa è incredibile. Pensare di mettere al mondo un figlio, voglio dire. Ma avete pensato bene alle conseguenze? Avete pensato, che ne so, avete pensato che magari questo figlio non ha per niente voglia di diventare un essere umano come noialtri, noi tutti, noi qui e gli altri fuori, avete pensato alle implicazioni, alla dipendenza, alla responsabilità sia di procreare che di essere procreati? Avete pensato a tutta la merda, a tutta la bava, a tutti gli strilli, a tutto il sonno che perderete? O ancora prima: all'agitazione, alle ecografie, alla nausea, alla pancia che si gonfia, alle tette che quasi esplodono, all'accoppiarsi sapendo che c'è già un inquilino nel bassoventre? A chi fa la spesa, e quanti pesi portare, e ai vestiti premaman, alla stanza da arredare, dipingere, ai giocattoli che dopo due anni detesterà, alle tutine? Al mese e al giorno in cui verrà al mondo, al segno zodiacale, al problema della ginecologa adatta, alla gelosia inconscia del maschio trascurato, alle seghe in bagno del maschio trascurato? Alla femmina che si sente un bidone e piange guardandosi allo specchio, con quelle vene esplose tutt'intorno al ventre? Oppure alle voglie notturne, alla musica che non potrete piú ascoltare, ai film che non potrete piú vedere... all'allerta, allo scadere dei giorni, alle acque che si rompono, alla corsa all'ospedale? Alla malasanità italiana, al travaglio lungo e sconquassante, alle facce poco rassicuranti di medici stufi e infermiere doppioturniste? All'anestesia, a qualche errore – avete pensato agli errori? –, alla posizione del feto, al dolore triturante, alle grida, all'anestesista sotto cocaina che sbaglia e ficca un po' piú di quello e un po' meno di quell'altro? Vi è passato per la mente un parto cesareo, e ciò che comporta, e il chirurgo che si fa sventratore, avete pensato al taglio profondo (e se il medico è un sadico?), alla cicatrice che seguirà per sempre, per sempre, all'utero che si svuota come se vomitasse carne, ossa e placenta? Al cordone ombelicale, al sangue, cristodidio, tutto quel sangue, e tutta quella puzza, e al cordone che lo strangola?

Lucia e i miei amici erano presenze offuscate. Spariti i loro volti, spente le loro voci. Ma capivano le mie parole?

– Non avete paura, quand'anche il bambino nascesse vivo, – continuai quasi senza riprendere fiato, un silenzio irreale attorno a me, – non avete paura che un qualche inspiegabile malore gli arresti il cuoricino piccolo come un'unghia? Non vi terrorizza l'idea che muoia tra le braccia di un'infermiera ubriaca di sonno, un'infermiera che scivoli sulla placenta e cada contro il muro, e la testa del vostro bambino tra lei e il muro, zuff!, materia cerebrale sulla parete? Non siete spaventati dai black-out nelle sale operatorie, dai bisturi che tagliano a casaccio? E che mi dite dell'eventualità che l'embrione dentro la pancia di lei stia sviluppando a insaputa di tutti una sindrome incurabile ancora non diagnosticata? O se il bambino fosse leucemico, cardiopatico, se il sangue di una trasfusione necessaria durante il cesareo provenisse accidentalmente da un donatore HIV positivo? O se il sangue fosse del gruppo incompatibile e provocasse la morte di mamma e figlioletto? O se il figlioletto fosse epilettico? Narcolettico? Talassemico, emofiliaco? È questo quello che volete? Immaginatelo: sareste colpevoli delle sue sofferenze solo per aver preteso di perpetuare una specie che forse sarebbe meglio condurre piú velocemente possibile sull'orlo dell'estinzione. Il vostro egoismo che genera un essere torturato dal dolore. E se malauguratamente fosse sano? Sano. Ci avete pensato? Non vi dilania il pensiero di chi possiate aver buttato nella folla eterogenea degli *Homo sapiens sapiens*? Voglio che entrambi vi rendiate conto dell'enormità, della madornalità del vostro arbitrario errore. Tutto ciò che avreste potuto evitare alle vostre vite e al resto dell'umanità. Pensate un momento: chi ci assicura che non si riveli, col passare del tempo e il progredire della sua personalità, un individuo incontestabilmente fuori della grazia di dio? Perché non riflettete sulla possibilità tutt'altro che remota di aver generato il peggiore dei mostri che questo pianeta abbia mai dovuto ospitare? Non sto piú parlando di un mostro in senso fisico, ma in senso psichico. Pensate, per esempio, alla signora Heydrich, alla signora Himmler, alla signora Stalin. Alla mamma e al papà di Charles Manson, di Ted Bundy, di Andrej Romanovič Čikatilo. Ai signori Dahmer. Ai signori Milošević. Pensate ai genitori di quei tizi che innescarono le bombe in piazza Fontana, o in piazza della Loggia. E non pensate mica di cavarvela mettendo al mondo una femminuccia. Credete che non siano capaci di atrocità? Lo sono, eccome. Pensate alle donne kamikaze a Gerusalemme. Pensate alle donne figlicide, a quelle che infilano i propri piccoli nelle lavatrici. In un mondo violento, lussurioso, criminale, voi scodellate la vostra creatura e lo fate con leggerezza, come fosse un atto dovuto. E non sapete che avete procreato un altro carnefice o un altro agnello sacrificale. E a volte il carnefice è agnello. E a volte l'agnello è carnefice. Voi volete mettere al mondo un essere destinato alla tristezza, alla povertà, alla pazzia e alla morte. Per inedia, per suppurazione, per paura. E la paura genera incubi, e la paura e gli incubi insieme generano azioni violente. E se la malattia a causa della quale sto per avere a questa tavola l'ennesima crisi di panico non è altro che la paura, e la paura è propria della nostra razza, e a quella paura rispondiamo con azioni violente o con attacchi di panico, allora è tutta colpa di chi mi ha preceduto da Adamo ed Eva in poi, o dalla prima scimmia che decise di assumere una postura eretta in poi. E se la paura è nell'uomo, è anche nel bambino, e se è nel bambino è anche nel vostro bambino, in quell'essere che avete deciso di buttare nel mondo. Per questo il vostro bambino non dovrebbe nascere, cara Carmen, caro Rosario. Dovreste interrompere la gravidanza ora, subito!, prima che avvenga l'irreparabile, prima che quel vostro figlio rimanga vittima anch'egli di quell'irrimediabile guasto tecnico umano che è la paura. No, Lucia, non voglio che tu mi versi nessunissimo Rivotril in nessunissimo cazzo di bicchiere. Voglio che tu resti seduta. Per capire, se davvero mi ami, da quale tipo di lucido orrore l'uomo con cui hai trascorso gli ultimi anni della tua vita è attraversato, condizionato, piagato, un giorno probabilmente ucciso. Questo orrore arriva da lontano, una specie di ciste nel mio cervello il cui pus ha ammorbato tutto il mio essere. Quella ciste ce l'ha ogni individuo, ma solo un trauma la fa esplodere. Perciò voglio darvi un consiglio, solo un modestissimo consiglio: fate attenzione. Fate molta attenzione. Ché i figli non sono solo figli, ma esseri umani che prescindono da voi. Staccati. Imprendibili. Insalvabili. Immaginate vostro figlio a sei sette otto nove dieci anni, sereno di essere dov'è, consapevole del vostro amore, fiducioso circa la propria incolumità. È pomeriggio. Vostro figlio è solo in casa. Eravate distratti dai casini delle vostre vite e avete dovuto rivolgervi a qualcuno perché se ne occupasse. Questo «qualcuno» è una persona apparentemente affidabilissima, dice buongiorno e buonasera, chiacchiera del tempo con voi quando è estate e fa caldo, a volte – magari – viene a bere qualcosa sul vostro terrazzo. Diciamo che è un ragazzo quasi adulto. Un individuo come tanti. È un parente, è un vicino, è un conoscente, è un amico? Non importa. Ormai è nella tana. È penetrato e ha conquistato la vostra fiducia. E anche la fiducia del vostro bambino. Che magari, durante le visite del ragazzo, gli dimostra un grande affetto: lo abbraccia, si siede sulle sue gambe, gli tocca il viso. Risvegliando e alimentando pulsioni. Ora immaginate il ragazzo con le sue pulsioni. Solo in casa con il bambino. Il ragazzo e il bambino. Siete stati voi, invitando il primo e procreando il secondo, a formare la coppia di quel pomeriggio. Voi con la vostra fretta, coi vostri lavori, la vostra approssimazione, la vostra cieca fiducia nel prossimo, il vostro egoismo che vi ha portati a generare un bambino di cui non sempre – e quel pomeriggio ne è la dimostrazione – potrete occuparvi. Ora immaginate che il ragazzo, l'affidabilissimo e posatissimo ragazzo, sia in piena tempesta ormonale. E che, drammaticamente, non abbia un grande appeal sulle ragazzine. Pur desiderandole, pur desiderandole tanto, quelle lo tengono lontano. Succede. A chi non è successo? È umano. Cosí come sono umane le pulsioni erotiche, gli istinti del ragazzo. Inappagati. Ebbene: immaginate il ragazzo col bambino tutto il pomeriggio da soli in casa. Il ragazzo desidera. Ed è arrabbiato per il fatto di essere ignorato proprio da chi vorrebbe essere considerato. Il bambino è ancora all'oscuro di certi pruriti. Si fida del ragazzo. Gli vuole bene. Lo invidia persino. Il ragazzo, agli occhi del bambino, rappresenta tutto ciò che significa la parola «crescere». È un modello da imitare. In un mondo di giochi e di fiducia per chi gli sta accanto, il bambino è ingenuo. E chi è ingenuo risulta tremendamente attraente agli occhi di chi cerca piacere. Immaginate il ragazzo seduto su quel divano che guarda il bambino giocare. Lo guarda. Il bambino si muove. Il bambino ha un corpo. Improvvisamente, il corpo del bambino è l'unico corpo che il ragazzo capisce di avere a disposizione. Vieni qui, dice il ragazzo al bambino. Facciamo un gioco. Sí, risponde tutto felice il bambino, e corre da lui. Quale gioco?, gli chiede. Giochiamo a spogliarci, propone il ragazzo. E lui, il ragazzo, si spoglia per primo, in fretta. È eccitato. Ha il pene eretto. Il bambino non capisce. Dài, insiste suadente il ragazzo, spogliati anche tu. Il bambino, il vostro bambino, vede quel coso duro sbucare dalla rada peluria del pube del ragazzo. Si preoccupa. Continua a non capire. Ma vuole bene al ragazzo, gli vuole bene e si fida di lui in maniera incondizionata. Non si aspetterebbe mai di essere tradito. Si spoglia piano, impacciato. Vuole capire che gioco è. Ora sono nudi. Il ragazzo dice al bambino, la voce strana: Girati. Ora ti faccio vedere una cosa divertente. Il bambino dà uno sguardo al pene eretto del ragazzo. Ha un sospetto, ma non sa che tipo di sospetto possa mai essere. Il ragazzo gli sorride. Il bambino sorride. Dài, lo esorta ancora il ragazzo. Il bambino si gira. Il ragazzo lo tocca, entrambi hanno un fremito, lo conduce piano verso il divano. Issa il bambino sul divano, il bambino appoggia le mani alla parete. Stai fermo cosí un po', gli chiede il ragazzo. Fermo. E non voltarti. Altrimenti il gioco finisce. Il bambino è a quattro zampe sul divano. Davanti al cazzo duro del ragazzo. Il bambino non si volta. Sente che il ragazzo dietro sta facendo qualcosa. Un movimento continuo. Soffi dal naso. Ansiti. Non girarti, dice il ragazzo. E la sua voce è spaventosamente roca. La sua voce non sembra piú la sua voce, ma quella di un altro. Ancora quel movimento convulso. E il bambino – sí, ci siamo, siamo arrivati al punto –, il bambino per la prima volta nella sua vita conosce la paura. Ha paura. Ha paura. Ha paura. Mentre dietro di lui la respirazione del ragazzo si fa affannosa. Una specie di lamento alla fine di ogni respiro. Come se stesse soffrendo, come se stesse per vomitare. No, dice il bambino. No! E invece sí: qualcosa succede. Qualcosa che non è la morte, ma un evento che ci si avvicina. Di schianto, improvvise, inattese, gocce dure e calde lo raggiungono sulle natiche, sulla schiena, sulle gambe, una persino sul collo. È peggio della paura. Perché la paura è solo una sensazione. Mentre quelle gocce calde e dure ci sono, gli sono addosso, gli si appiccicano sulla pelle mentre il ragazzo emette un verso che ha dello spaventoso, e il bambino, il vostro bambino, quello che avete messo al mondo per il vostro egoismo ma che non siete e non sarete mai capaci di proteggere come credete, poiché nemmeno lontanamente avreste potuto credere di doverlo proteggere da una cosa del genere – ed è quindi solo colpa vostra! solo colpa vostra! –, mentre il bambino scopre per sempre la paura, la paura che era dentro di lui e che è dentro di noi e che è dentro chiunque e che a volte si manifesta solo in qualità di piccoli spaventi sopportabili, la paura esplode nel cuore del bambino, che la porterà in corpo fingendo di non riconoscerla, fino a quando – magari da adulto, magari durante una nottata lavorativa qualunque – quella paura non riesploderà fuori tutta insieme perché troppo e da troppo compressa, manifestandosi come una crisi di panico di proporzioni devastanti, la prima di una serie inarrestabile. Cosí come gli abusi subiti sotto il ricatto del ragazzo – «Se lo dici a qualcuno, ci succede qualcosa di brutto» – dureranno per anni e poi per sempre nella memoria.

Dieci minuti dopo ero per strada, da solo, stava piovendo – ricordo che esposi il volto alla pioggia, alle sue piccole dita.

Quasi nulla ha resistito all'impatto della verità dopo quella sera. La mia vita di allora si è sgretolata a quella tavola.

Nei giorni seguenti io e Lucia non riuscimmo a parlarne, smettemmo di cercarci e di toccarci. Io mi vergognavo, lei non sapeva da che parte ricominciare, come prendermi, cosa dirmi. Nessuno dei due poté metterci una pezza stavolta. Continuò a stare al mio fianco, in attesa che fossi io, probabilmente, a raccogliere i cocci e a dare inizio a una seconda fase. Sono convinto che lei ci avrebbe provato se solo io avessi indicato una via, suggerito una soluzione. Ma non feci niente per un po', e alla fine le dissi che non volevo piú stare con lei. Discutemmo, pianse, ma io fui irremovibile. Davanti a lei, ormai, mi sentivo completamente sguarnito. Era come se non potessi piú fingere, come se fossi sempre nudo al suo cospetto – e in un rapporto di coppia la finzione e l'omissione e il compromesso hanno un'importanza fondamentale. Chi lo nega nega la realtà. Sapevo – che lo ammettesse o meno – di aver smesso di essere un uomo per lei, un maschio, un compagno, un sostegno. Ero e sarei stato anche quelle cose, certo, ma non in maniera preponderante – come dovrebbe essere. Risultavo un adulto malato e rancoroso. Pensai che lo slancio iniziale con cui si sarebbe dedicata a me col tempo e con il ripetersi dei circoli viziosi del mio umore si sarebbe sempre piú raffreddato, fino a che tutto di me l'avrebbe scuoiata di noia, e un senso di sconfitta e di spreco l'avrebbero gettata nella disperazione.

Non potevo farle e farmi questo.

Tornai a vivere da mia madre, in attesa di sistemarmi in altro modo. Lucia mi cercò per mesi. Ma tenni sempre la porta chiusa. Tre anni dopo, quando ancora lei compariva nei miei sogni, seppi che si era sposata e – almeno chi m'informò della cosa era convinto di questo – pareva molto felice. La notizia non mi lasciò indifferente, provai un improvviso senso di smarrimento. Ma sapevo di aver agito per il meglio quando l'avevo lasciata.

Non trovai facilmente una nuova sistemazione, anche perché era cominciata l'epoca dei contratti a termine e della «flessibilità». Senza un'occupazione fissa, fui costretto a rimanere da mia madre per anni. Lavorai nella grande industria cosí come nel peggiore scantinato della produzione metalmeccanica. A volte me la cavavo bene e il contratto mi veniva rinnovato. A volte crollavo, mi licenziavano o ero io a non presentarmi il mattino dopo.

Quando crollavo, era per via del panico. Le crisi mi prendevano nonostante seguissi con precisione le cure e incontrassi Pratesi almeno una volta al mese. Mi prendevano sia che l'ambiente lavorativo mi andasse bene sia che mi facesse schifo. Mi prendevano all'inizio o alla fine del turno, o durante le pause.

Ma non solo al lavoro.

Mi prendevano in estate come in inverno. Magro o grasso, sazio o affamato. Che fossi single oppure legato. Mi prendevano dopo un onesto preavviso o a tradimento. Per strada o a casa o in macchina che quasi mi ammazzavo. Durante le ore di ozio, anche leggendo un libro sdraiato tranquillamente sul divano – ecco che il panico mi prendeva. Quando tentavo di scrivere e di ultimare il mio famoso romanzo. Quando guardavo un film al cinema e la sala era vuota o piena. Quando salutavo i vecchi amici che non erano piú tali.

Almeno due anni in questo modo, attacchi feroci, continui.

Di notte rimanevo con la Tv accesa e il cervello spento nella speranza di piombare nel sogno senza passare da pensieri o ricordi. A volte ci riuscivo e a volte no. Se ci riuscivo, c'era poi la variabile dei sogni: sarebbero stati sopportabili oppure incubi? Negli incubi i protagonisti erano sempre animali striscianti: vermi, lucertole, serpenti, coccodrilli eccetera. Domandavo lumi a Pratesi. Lui alzava le spalle, diceva: – Ha a che vedere piú con la fede che con Freud, non credi? – Concordavo con lui: mi mancava un Dio di riferimento. E non sapevo dove andarmelo a cercare.

Dopo i primi due anni mi accorsi che la frequenza delle crisi stava diminuendo. Ero sempre spaventato, ovviamente: ma quello spavento non deflagrava, era un ordigno pericoloso ma statico. Da quattro cinque attacchi di panico alla settimana, passai a uno o due. Poi a tre in un mese. Poi – nel 2005 – stabilii la media record di uno solo al mese. Per carità: quando mi prendeva erano sempre cazzi. Ma in me maturava la convinzione che quelli fossero colpi di coda della malattia, che stesse dandosi per vinta. Ero orgoglioso di me, stimavo sempre piú Pratesi, ero pronto ad affrontare la vita.

Però nel 2006 le crisi riaumentarono. – Come mai? – chiesi disperato al mio psichiatra.

Lui rispose: – È colpa tua. Non vuoi abituarti a conviverci.

E io: – In che senso?

E lui, sbuffando: – Le crisi, frequenti o meno, ormai fanno parte della tua persona, come i tuoi occhi, i tuoi capelli, e tutte le altre stronzate che fanno di Christian Frascella Christian Frascella. Devi accettarlo. Prima lo accetti, prima smetterai di scoraggiarti tutte le volte.

– Ma come posso accettare di convivere col panico? – quasi gridai.

– Pensa a quelli che stanno peggio e non si lamentano, imbecille. Fatti un giro nei reparti di Oncologia, poi mi dici.

– Guardi che mio padre...

– Infatti! Lo vedi che sei imbecille due volte, allora?
Sí. Imbecille al quadrato, al cubo. Aveva ragione. Sapevo che aveva ragione. Eppure non riuscivo ad abituarmi all'idea che il panico mi avrebbe accompagnato nel corso di tutta la mia vita. Mi ripetevo: perché a me? Perché, tra tutti, proprio a me?

Me lo domando spesso. Non ho risposte. Però, se me lo domando, significa che sono ancora vivo. È qualcosa, ed è abbastanza.

*Stampato per conto della Casa editrice Einaudi*
*presso ELCOGRAF S.p.A. - Stabilimento di Cles (Tn)*
*nel mese di febbraio 2013*

C.L. 21243

| Ristampa | | | | | | | Anno | | | |
|---|---|---|---|---|---|---|---|---|---|---|
| 0 | 1 | 2 | 3 | 4 | 5 | 6 | 2013 | 2014 | 2015 | 2016 |